少年廚俠 3

消失的魔石

文/鄭宗弦

圖/唐唐

目錄

作者序

結合「美食」與「武俠」的冒險之旅

文／鄭宗弦

我曾在粉絲團上宣告想寫一套少年小說，讓辛苦做菜的媽媽好好休息，改由孝順的孩子做菜給媽媽吃。恰好親子天下的編輯來信邀請合作，我便闡述了這一小說系列的創作理念，並提出創作計畫。兩方一拍即合，隨即著手創作這一套少年武俠小說。

少年武俠小說？

是的，您沒有看錯，這是集合老、中、青、少廚師們，所共同演出的少年武俠小說。

煎、煮、炒、炸、蒸、燴、溜、燙、烤、焗、爆、煲、汆、熬、煨、燒、燜、燉……廚師做菜的十八般廚藝，刀技火候，水裡來火裡去的，都讓人產生武功的聯想。因此我讓書中的廚師具備頂尖武功，主人翁志達的母親是鼎鼎有名的總鋪師，在家學薰陶之下，志達也擁有武藝與廚藝的龐大潛力。

我生長在糕餅之家，從小跟著家人製作麵包、蛋糕、紅龜粿等點心，了解從事飲食工作者的辛苦，而廚師又比起點心師父更加艱辛，刀子、爐火都容易使人受傷，油煙更會害他們生病，他們在為大眾創作出美味、帶來幸福的同時，往往犧牲了健康與安全。

廚師們創作出經典名菜，不僅滿足人們的口腹之欲，也提供美談讓人樂道回味，人們總說中華料理博大精深，卻忘了這是歷代廚師們勞苦的累積。然而古代廚師的社會地位低下，知識份子雖然用文字記錄了美食，卻很少為廚師作傳記。我寫這一系列的目的，便是想藉由有趣的故事，來表揚廚師們的貢獻。

這是一趟飲食文化的探索之旅

中華料理因幅員廣大，大略分為閩、浙、粵、魯、蘇、湘、徽、川，八大菜系。我讓主角穿越時空，帶領讀者一探名菜發明的起源。

許多名菜的典故成為膾炙人口的故事，稍加改編便能引人入勝。但有些名菜或許是一地風俗，社會集體的創作，或是佚失了發明人與相關情節，而沒有專屬於它的故事，我希望能藉由這個系列來彌補這個缺憾。

這也是一趟探索武功的冒險之旅

中醫主張「藥食同源」，又說「五味入五臟」，因此調和平日的飲食就是養生的良藥。中醫認為精、氣、神、血為人體能量之源，氣為血之帥，血為氣之母，穴道與經絡是能量匯聚之處，正確的呼吸與運動能使能量在身體運作順暢，甚至衍生出更強的能量。進一步衍生出功夫、運氣、掌風，乃至隔山打牛、隔空抓物等有如特異功能的武功說法，讓人產生許多浪漫的想像。

這又是一趟感受俠義的體驗之旅

我看到許多喜歡閱讀的孩子，想要閱讀有關充滿想像力的大部頭書籍，選擇了市面上的武俠小說。然而武俠小說是為成人而書寫的，又有「成人的童話」之說，其中刀光劍影，江湖恩怨的情節太深沉，並不適合少年兒童閱讀。

韓非子說：「俠以武犯禁。」古代的俠客救急扶危，愛打抱不平，有時放蕩不羈，違法犯紀，這樣的俠客並不是孩子學習的典範。我想創作一套專門為孩子而寫的武俠小說，將「武」的部分控制在暴力範圍之內，而「俠」的部分，撇除任性的違法，而導向濟弱扶傾，輕財重義，伸張正義的利他行為。

這還是一趟族群文化的融合之旅

八大菜系之外，我還想在故事中加入京菜和臺菜。

北京城是中國歷史上最後一個王朝的政治中心，來自各地各省的達官貴人匯聚在此，必然會衍生出豐富的飲食文化。而臺灣經歷過荷蘭、明鄭、清朝、日本等政權的統治，飲食文化都有各國的遺留。加上西元一九四九年國民政府遷移到臺灣，帶來各省一百多萬軍民，也把各地的飲食文化帶過來。這些人當中不乏資本家、大地主、高官和滿清遺老，這段歷史也讓中國各地精緻高級的宴客大菜都在臺匯聚，使臺灣成為中華飲食文化的大熔爐。

這一套結合「美食」與「武俠」，由功夫高深的廚師們一同演出的「美食派少年武俠小說」已經上場，請跟著主角們一起縱橫古今，吃喝玩樂，伸張正義吧！

推薦序

美食・俠義・經典・神話——不可不看的好小說！

文／國立東華大學華語文中心主任　朱嘉雯

《少年廚俠》是一部很精采的小說，它不僅結合了豐富多元的飲食文化與生動有趣的武俠演義，同時還穿越古今，與《紅樓夢》的作者曹雪芹互動頻繁，以至情節曲折離奇，讀之令人心動神馳！

事實上，武俠與飲食的結合，乃是一項優秀的華文文學傳統。武俠小說宗師金庸在《射鵰英雄傳》、《笑傲江湖》等作品中，早已突出作家本人對淮揚菜系的欣賞，同時也讓小說人物藉由料理功夫來參透武學精神。其中最著名的段落是黃蓉為了讓郭靖學會降龍十八掌，而每天變換菜色來試圖得到丐幫幫主洪七公的青睞。他的「二十四橋名月夜」、「玉笛誰家聽落梅」、「好逑湯」……等，不禁令老幫主垂涎三尺，更叫讀者們心悅誠服在文學的想像世界裡，流連再三，閱讀之餘，多希望能夠像洪七公一般，親自品嚐到這些佳餚美點。果不其然，如今華人世界各大餐飲好手，競相以推出金庸武俠宴為熱點，讓食客們在舌尖上重新領略了武俠小說的迷人境界。

另一位武俠小說的大作家古龍，成長在香港，因此對於粵菜亦相當熟稔。《楚留香傳奇》裡的女主角之一宋甜兒，本身就是廣州人。常言道：「吃在廣州」，甜兒絕對是烹製粵菜的高手，書中寫道：「盤子有兩隻烤得黃黃的乳鴿，配著兩片檸檬，幾片多汁的牛肉，半隻白雞，一條蒸魚，還有一大碗濃濃的番茄湯，兩盅臘味飯，一滿杯紫紅的葡萄酒，杯子外凝結著水珠，像是已冰過許久……。」這麼一位情態嬌憨、心地純真善良的女子，卻又能夠聰明伶俐、蕙質蘭心的設計出各式餐點與菜色來。她的形象恐怕即使翻遍了《紅樓夢》，也找不出可與之媲美的金釵呢！不僅如此，品味出眾的楚留香甚至評價道：「宋甜兒做的素齋，遠在真正出家的和尚無花之上！」

武俠與美食的絕配，其來有自。它不僅滿足了讀者們的口腹欲望，同時也充實了大家對俠義世界的精神想像！《少年廚俠》更有趣之處，在於它打開了一個水墨畫般的神話天地，以軒轅氏與蚩尤大戰三百多回合，拉開了猶如史詩巨擘般電影廣角的遼闊場景，作者讓兩頭巨大的神獸展開翻天覆地的世紀爭奪戰。我們便是在這場充滿感官刺激的浩劫災難中，看到了貫穿全書的重要物件——兩顆靈石。

故事中說道：「這兩顆靈石並非憑空而來，而是上古時代女媧煉石補天所剩下來的石頭。傳說水神共工和火神祝融素來不睦，在一場激烈的大戰後，共工戰敗，羞憤之下去撞不周山，導致『天』跟著陷落，破了一個大洞。天河裡滾滾的洪水從天而下九萬尺，造成大地一片汪洋，生靈塗炭。

「女媧不忍心看人們受苦，便向祝融取火，用猛火烈焰煉製石頭補天。女媧煉出了三萬六千五百零二顆五色石，終於把天補起來了，卻剩下兩顆沒有用上。這兩顆石頭在冷卻之後，濃縮形成了雞蛋般大小的燧石，又因緣際會落入了軒轅和蚩尤的手中。」

原來這也是《少年廚俠》融入《紅樓夢》作者曹雪芹與同時期才子袁枚家家傳菜譜的起始。於是，從紅燒燉肉味最濃鹹、帶骨甲魚淡一點、蘿蔔絲煨魚翅又半鹽、蜂洞糕少鹽，八寶豆腐微鹹，到最後無鹽的雞湯……，則又是古典美味料理的現代示範。《少年廚俠》集美食、俠義、古典、神話於一體，作者鍛鍊故事的功力爐火純青，是值得我們細細品味的好小說。

登場人物介紹

林志達

少年廚俠之一。從小受父母的影響，希望有天可以成為行俠仗義的廚俠。在得到千年老麵的力量後，穿越回到古代，從兩道神菜中體會到「包容」和「正義」的美德。

陳淑美

臺南新府城辦桌團的團長，善使「米葉六劍」，為了調查某起事件的真相而角逐幫主大位，不料卻中了五毒，全身經脈寸斷，需要「全脈神功」才有機會痊癒。

王小余

清朝乾隆年間人，擅於烹飪，也是歷史上唯一一個死後有傳記的名廚。因為一個神祕的錦囊，透露出他和消失的蚩尤石有密切的關連。

蒙面人

在陳淑美遇害那天，出手協助噬血魔脫身的神祕男子。蒙面掩蓋了他的真實身分，但可以看出他武功高強，內力深不可測。

湯之鮮

灶幫前任幫主，二十多年前因一起意外不幸身故，「全脈神功」也因此失傳，後來由范衛襄接掌幫主一職。

第一章 涿鹿之戰

轟隆！轟隆！

一道道閃電竄出烏雲降下地面，像是惡魔伸出爪子貪婪的在撈取人命。閃光映出荒地上兩方對峙的大批兵馬，一邊的領袖是軒轅，另一邊是蚩尤，這是他們為了逐鹿中原爭奪帝位，所發動的第三百三十三場戰鬥。

「上回戰役我敗給你，但我逃離之前明明用迷霧困住你的軍隊，為何三個月後你就能突破封鎖？」蚩尤氣急敗壞的說。

軒轅伸手一指，一輛奇特的車子從後方自動行駛上前。

「我軍確實迷路了，但我發明了指南車，辨認出方位。」軒轅笑著說。

「單憑這些雕蟲小技，怎麼足以擔當天下共主，開創豐功偉業？」蚩尤狂傲的說，「我蚩尤才是雄才大略的帝王，我看你就自動投降吧！」

「不！你凶殘暴虐，不得民心，我萬萬不能放任你迫害天下蒼生。」

「上回的戰鬥，你派日照天女破解我的風雨之術，這三個月來我沉潛修煉、功夫大增，今天我看你還有什麼能耐可以跟我對抗？」

「自古邪不勝正，我有堅定的信念，我軍終將獲得最後的勝利。」軒轅正義凜然的說。

「休說大話，擊戰鼓！」蚩尤下令。

咚咚咚咚！

雙方戰鼓頻催，彼此都繃緊了神經，蓄勢待發。

「狂風暴雨先行！」蚩尤再次施展風雨術。

呼呼！嘩嘩！

颶風驟雨從天席捲而下，打得軒轅的大軍兵荒馬亂。

「將士們聽令，鎮定心神，那些風雨不足為懼。」軒轅對自己的軍隊信心喊話，「快穩住馬兒，壓低姿態，刀鋒向前……」

軒轅的軍隊歷經百戰，很快就穩住了。

「進攻！」蚩尤發出口令，人馬便上前衝刺，雙方開始混戰。

「啊——」蚩尤握緊手中的石頭大吼一聲，身體膨脹百倍成了一隻巨大無比的紅牛。軒轅也不遑多讓，將自己的石頭含進嘴巴，猛一吸氣，變成一頭龐然青熊。兩頭巨大的猛獸在雨水中衝撞扭打，震天動地，激烈獸鳴，非要鬥得你死我活不可。

轟隆！轟隆！

電光雷火不停的打著，大風大雨更是不曾停歇。

雙方交戰不知多少回合，最後青熊趁紅牛低頭喘息時把握機會，雙手抓住一對牛角將他從肩上摔出去。紅牛跌落壓死許多兵馬，身上的石頭也掉落地上。那一剎那，紅牛洩氣般的恢復成人形，軒轅的軍隊刀矛齊進，片刻結束了蚩尤的性命。蚩尤的部隊見群龍無首，紛紛棄械投降。

青熊拿出口中的石頭，恢復成軒轅。士兵們將他高高舉起歡呼，奉他為中原第一霸主軒轅黃帝。

原來軒轅是青熊轉世，蚩尤是紅牛轉世，兩人藉由靈石加持，釋放出龐大的動物靈能。而歷經數百場戰鬥，青熊和紅牛的靈力也分別融入各自的靈石中。

這兩顆靈石並非憑空而來，而是上古時代女媧煉石補天所剩下來的石頭。

傳說水神共工和火神祝融素來不睦，在一場激烈的大戰後，共工戰敗，羞憤之下去撞不周山，導致「天」跟著陷落，破了一個大洞。天河裡滾滾的洪水從天而下九萬尺，造成大地一片汪洋，生靈塗炭。

女媧不忍心看人們受苦，便向祝融取火，用猛火烈焰煉製石頭補天。女媧煉出了三萬六千五百零二顆五色石，終於把天補起來了，卻剩下兩顆沒有用上。這兩顆石頭在冷卻之後，濃縮形成了雞蛋般大小的燧石，又因緣際會落入了軒轅和蚩尤的手中。

軒轅在消滅了蚩尤之後，認為天下不再有戰事，便將石頭藏進一個山洞中，後人稱之為軒轅石；而另一顆石頭名為蚩尤石，因為灌注了蚩尤死前滿腹的怒氣和不甘，時時刻刻都想增強靈力來報一箭之仇。

兩顆石頭輾轉流傳，直到兩千年之後，商紂王得到蚩尤石。

紂王原本就自私荒唐，受了靈石的影響後，叫人在地上挖池子，裡面灌入美酒，然後跟美女在上面划船飲酒；又叫人把烤好的肉片掛在樹上，像是肉林子一般，隨時享用。

群臣覺得紂王太奢侈無度，紛紛勸諫，尤其比干更是大力抨擊，讓紂王覺得非常厭煩。後來紂王豢養了豺、狼、虎、豹、獅等五頭猛獸，為自己增添威勢，並且把比干等忠臣處死，藉此殺雞儆猴。果然群臣噤若寒蟬，不敢再多說一句。

少了臣子的阻撓，加上石頭靈力的感染，紂王變本加厲，每日以鮮血餵養五頭猛獸，而那五頭猛獸也漸漸幻化為以血傳魔的噬血魔，為日後天下蒼生帶來無窮的後患⋯⋯

＊＊＊

秦王政二十六年，秦始皇在蚩尤石的幫助下統一天下，但他非但不以擁有天下為滿足，還貪圖長生不老。他聽信道士所言，想吃龍心炙、鳳舌滷、麒麟腿作為仙藥，每每令廚子去獵捕烹煮。廚子們根本辦不到，一一被判了死罪。

庖癸是秦始皇手下的一名御廚，他長得高大英挺，氣宇軒昂，一雙濃眉下兩眼炯炯有神，透出勇敢果決的氣質，寬厚的雙唇和謙和的微笑，讓人感受到他內心的仁慈敦厚。

庖癸是戰國時代魏惠王的廚子庖丁的六世孫，他傳承了祖先的宰牛功夫，能順著動物肌肉紋理來下刀，巧妙的斷筋、斷肉、斷骨卻絲毫不傷刀刃，永遠不需要磨刀，備受到其他廚子們的尊敬和推崇。

受到秦始皇的壓迫，庖癸不願坐以待斃，便跟著一群廚子起來抵抗暴政，然而他們不敵軍備精良的秦軍，被迫逃往山上，躲進山洞裡。

這時，庖癸不經意看見地上有顆雞蛋大小的石頭，好奇的撿起來察看。剎時間洞內大放光明，身旁的廚子同伴們全都不見了，眼前是一片廣場，數十萬將士在廣場中呼著口號，歡天喜地的凱旋而歸。

「這是什麼情況？」他驚訝的叫出聲。

「庖癸，你怎麼了？」旁人喚他。

「我……」他一回頭，眼前的畫面瞬間消失。他愣了一會兒，指著石壁對旁人說：「你們有看到軍隊凱旋的畫面嗎？有數十萬大軍，剛剛就在那兒。」

「你做什麼白日夢？這山洞裡黑漆漆的，能有什麼畫面？」

「山洞雖不小，但頂多容納五百人，怎麼可能有數十萬大軍？你是不是這幾天顧著逃亡，出現幻覺了？」

「可是……」庖癸握緊石頭，把眼睛一閉，同樣的情景再度出現在腦海中。

他猛然張開眼睛，盯著手上的石頭，心中大喊不可思議。

他把石頭揣進懷中，不再對人說起這件事。

那天夜裡就寢時，他在夢中看見自己在灶房裡忙碌，這時一群秦軍揮舞著兵器殺進來，高喊著：「消滅逃犯——」緊接著刀光劍影，哀號四起，一把尖刀朝他刺過來，他急忙閃身……

他從惡夢中驚醒，發現自己渾身大汗。

數日後秦軍就會搜索到這裡……

「誰？」庖癸看看四周，月光灑在洞門外，反射了部分光線進到洞裡，只見大家都在呼呼大睡。

你們在山洞前的兩個大石間挖壕溝，做陷阱……

那聲音又出現了。

他恍然知覺，不是人在對他講話，而是在他腦中自動浮現的聲音。

「大家起來，秦軍就要來了，快起來應戰。」他急忙喚醒大家。

「啊！什麼？」眾人嚇得要奪洞而出。

「不要跑，大家聽我說。」庖癸急忙喚住他們，誠懇的說：「秦軍如狼似虎，如果一味逃跑，只是讓他們加快追捕我們的腳步。如今不能再逃了，必須正面迎戰。」

「怎麼迎戰？他們武器精良，我們只有幾把破菜刀。」一個老者說。

「前方只有一條路通往這個山洞，我們在那裡挖壕溝，然後在上面覆蓋樹枝、枯葉和泥土，偽裝成平地，秦軍路過便能讓他們摔進去。」庖癸說出他的計畫。

「沒有鏟子怎麼挖土？」又有人問。

「我來示範給你們看。」他帶大家出洞，靠著月光的照明，用菜刀砍下樹木，再把樹幹削尖後挖土，不一會兒便挖出一個小坑洞。

「真的可以！」大家看了紛紛效仿。

不久天亮了，眾人更加起勁，花了一天一夜，終於做出十尺深的壕溝陷阱。

隔天清晨，他們躲進山洞，太陽昇起不久後便聽到洞外傳來哀號聲。

「哎呀！怎麼會摔進這兒？」

「我們中了埋伏了！」

眾人拿著菜刀衝出去，不僅消滅數百位秦軍，還奪走了他們的武器。庖癸帶領著廚子們一路打下山去，最後順利逃出秦帝國的統治範圍，遁入山林過著自給自足的生活。

直到日子漸漸穩定下來之後，有天庖癸提議：「大家組織一個團體來互相扶持。你們看怎麼樣？」

「好啊！」眾人附和。

「我們的祖師爺是灶王爺，不如我們就自稱為『灶幫』吧！」

「這個名稱很貼切。」

大家聽了都應聲贊同。

「我們能躲過秦軍的追殺，都要歸功於庖癸及時鼓舞大家，我提議由他擔任幫主。」一位老者說。

「我也支持庖癸。」

「我效忠庖癸。」

在眾人推崇之下，庖癸當上了灶幫的第一任幫主。

那天晚上，他在夢中看見了神靈交戰的畫面。

軒轅和蚩尤相戰，他看見雙方利用靈石，化身為青熊和紅牛在纏鬥。

「咦？難道這石頭是其中之一嗎？」他驚訝自問。

「是的，你的這顆石頭就是軒轅石，另一顆叫做蚩尤石。」冥冥中有人回答他的疑問，「由於女媧的靈力加持，加上祝融大火的強力鍛鍊，它們只要搭配祝融通古神咒，都具有穿越古今的神奇靈力。」

接著，他聽到一長串的咒語：「雷金流火，天地玄黃，元祖叱吒，萬古流芳，天清清，地靈靈。」

醒來之後，他默默把咒語記下來，每日誦唸數次，以免忘記。

庖癸帶領的這幫廚子在山林沉潛了十多年，這期間，在日日劈柴燒灶的過程中，彼此切磋砥礪，漸漸悟出了穴道經脈、內力聚氣與氣血循環等，人體小周天對應宇宙大周天循環的道理，也藉著廚藝的操作發展出強身健體的基本武功。

鴻門宴過後，蚩尤石流落到了項羽之手，原本就剛愎自用的他，變得凶狠殘暴、盡失民心。灶幫聽到民間傳來這些消息，對項羽十分失望，因而在庖癸的帶領下離開山林，歸順劉邦的漢軍來對抗項羽的暴政。

楚漢相爭期間，項羽靠著蚩尤石打了不少勝仗，庖癸也憑著軒轅石相助，提供劉邦許多良策，滅了很多楚軍。最後是軒轅石略勝一籌，劉邦成功擊敗項羽建立了漢朝。到此時，蚩尤石已經跟軒轅石爭鬥了兩千五百多年。

在那之後，灶幫約定每二十年進行一次武藝大會，選出繼任的幫主，並以軒轅石為灶幫的信物，代代相傳，至今也歷經了兩千多年。

這兩千多年間，蚩尤石時而流落民間，時而落入統治者手中。當它被黎民百姓拾獲時，頂多使小人利慾薰心，做出一些小奸小惡，但如果擁有它的人是一國之君，往往會使人民遭受荼毒，也為守護軒轅石的灶幫帶來許多威脅和壓力。

歷代幫主多是廚藝和武藝兼備的一流廚俠，其中成功力抗蚩尤石，最為後人所稱道的當屬尤瑜庚和洪翻茄的兩段故事。

第二章 軒轅石和蚩尤石

尤瑜庚是隋煬帝時的灶幫幫主，他性喜自由，熱情豪放，常四處遊歷、行俠仗義。

隋煬帝原是謙恭謹慎、儉樸低調的人，但自從收到民間進獻給他的蚩尤石之後，他的心性起了巨大的變化。他大興土木建東都，又發兵征戰，好大喜功，勞民傷財，百姓苦不堪言。聽說江南有很美麗的瓊花，他便不惜耗費鉅資，動用數十萬民工開闢貫穿南北的大運河，下江南遊揚州。

他在欣賞了瓊花之後，又到處玩賞江南美景，流連忘返。

這一天他回到行宮，突發奇想要拿廚子開刀。

「來人！」

「奴才在。」隨身的大太監上前聽令。

「這幾日遊覽江南各地，朕最喜歡萬松山、金錢墩、象牙林和葵花崗，這幾處風景最是奇美秀麗。去！叫御廚按這四大美景來料理。」

「啊？」大太監錯愕的說，「用菜來模仿美景？這不容易啊，皇上。」

「少囉唆！快交辦下去。」隋煬帝斥喝。

御廚們一聽便知道大難臨頭，個個如喪考妣，因為隋煬帝脾氣暴躁，若不順他的心意，必死無疑。他們提著腦袋搜索枯腸，千思萬想，有用松葉入菜的，有用銅錢當盤飾的，也有人把象牙磨粉混入菜餚，還有人用葵花子煮成羹湯，都做不出令皇上滿意的料理，紛紛被賜死。

殺光了御廚，隋煬帝還不死心，改徵調民間的廚子來做這件事。當時尤瑜庚就在揚州附近旅行，他聽到消息非常悲憤，想拯救可憐無辜的廚子們。

當天晚上，他在睡夢中看見有隻青熊的身影閃過，接著青熊就在那四大美景前浮現，彷彿在引導他欣賞那些錦繡河山。他了解這是軒轅石的靈力提示，醒來後體悟到許多靈感，因而設計了四道菜色。

他前往揚州，主動聯繫那些受到徵召的廚子，表明要和他們一起去行宮做菜。

「尤幫主，別人想逃都來不及了，你竟然自己送上門來。」一位廚子苦著臉對他說，「我雖然敬佩你的俠義之心，卻也為你擔心啊！萬一你也被賜死，我們灶幫後繼無人，那可怎麼辦？」

「你放心，我有信心可以讓皇上滿意。」尤瑜庚自信的說，「請你幫我準備鱖魚、大蝦、雞肉和豬肉，我自有辦法。」

廚子們趕緊去處理，眾人把食材備齊後便一起前往行宮。

來到行宮的灶房，尤瑜庚先把鱖魚切刀，卻不切斷，然後上漿裹粉去油炸，炸得整條魚蓬鬆得有如一隻毛茸茸的松鼠，然後淋上勾芡的醬汁。

他又把蝦子去殼擦乾切碎，加入荸薺末、蛋黃、蔥花，調味後包入豬網油裡面，捲成長條後蒸熟，再切成圓餅狀去油炸。

接著，他把雞胸肉切成條狀，跟油菜一同翻鍋熱炒。

最後，他用雙刀大斬，把肥瘦各半的豬肉剁成肉泥，在雙掌中來回托拍成緊實的球狀，油炸後加醬汁去燒燉。

做完之後，他親自把四道菜獻給隋煬帝。

隋煬帝冷冷的看了一眼，問說：「這是什麼名堂？」

「這第一道菜叫松鼠鱖魚，這蓬鬆的松鼠模樣就像繁密挺直的松葉叢，可以對應皇上喜歡的萬松山。」尤瑜庚不疾不徐的介紹，「第二道菜是金錢蝦餅，堆疊在一起像個小山，就像第二個美景金錢墩。」

「有意思。」隋煬帝被激起好奇心，靠近這些菜，認真欣賞起來。他舉起筷子吃了以後，眼睛一亮說：「這鱖魚外酥內嫩，伴著香甜的醬汁，真不錯。這蝦餅外皮香酥，內餡卻是鮮甜無比，有著不同層次的口感和美味。」

「第三道是油菜炒雞肉條，雞肉條炒過之後發出象牙般的潔白色澤，就叫象牙雞條，可以呼應滿山白樺樹的象牙林。而這大斬豬肉球，橘紅的色澤有如葵花崗上一望無際的葵花那般美麗，我叫它葵花大斬肉。」尤瑜庚繼續解說。

隋煬帝吃了這兩道菜，點點頭笑說：「嗯，甜美的雞肉伴著油菜微微的苦澀，可以清除前兩道菜在舌頭上留下的油膩感。最後這道豬肉大丸子入口即化，滿口都是濃濃的鮮肉香。吃了這四道菜彷彿又看見那四大美景了，歷歷在目。妙啊！妙啊！」

隋煬帝開心的吃完四道菜，然後賞賜尤瑜庚一大筆金銀珠寶。逃過死劫的廚子們紛紛喜極而泣，對尤瑜庚感恩不已。

尤瑜庚離開行宮之後，用那些金銀珠寶招兵買馬，並號召灶幫幫員加入反隋大軍，想一舉推翻暴政，可惜最後沒有成功。而隋煬帝在消除了造反的力量之後，更加肆意妄為，朝中大臣將領如果不順他的心意就有可能掉腦袋，個個戒慎恐懼。

沒多久，底下的武將便受不了他的瘋狂行徑，叛變殺了他。

＊＊＊

洪翻茄是元朝末年的幫主。

北方蒙古的鐵木真意外得到了蚩尤石，原本就驍勇善戰的他如虎添翼，征戰各部族，戰無不勝，很快統一北方的各部族，建立大蒙古國。

此後他將石頭傳給子孫，蒙古軍的鐵騎南下建立了大元帝國，成為中原第一個由非漢族建立的王朝。

大元皇帝讓蒙古人住進民家，沒收他們的刀具鐵器，要用時得登記領取，控制得非常嚴密。人民在高壓統治下，賦稅徭役苛刻，民不聊生。

這時由灶幫分支出去的二美派已改名為峨嵋派，點藏派也改名為點蒼派。

那一年，灶幫在蘇州郊外舉辦幫員大會，現場湧進了一千多人。

幫主洪翻茄正帶領大家向灶王爺的畫像上香獻祭，忽然從後方傳來人馬雜沓的聲音。大家好奇回頭，看見黃沙滾滾、煙塵瀰天。

「還有人沒到齊嗎？」幫主洪翻茄向一旁的長老耳語。

「南方各地的幫員應該都到齊了呀！」長老搖搖頭，疑惑的說。

「殺！」大批人馬衝刺過來，很快抵達眼前，領頭的竟然是高舉蒙古彎刀身披鎧甲的蒙古軍官，而他的部眾除了蒙古人還有許多漢人。

洪翻茄看見軍隊中一名副將很面熟，不禁大呼一聲：「楊陋盧？是他嗎？」

「報告幫主，峨嵋派的掌門楊陋盧勾結蒙古人，率領他的弟子前來攻擊我們。」前方得到消息的幫員們，此時趕來通報。

「難怪蒙古人會知道我們的聚會地點。可惡啊！他出賣了灶幫。」旁邊的長老氣憤的說。

「我灶幫的幫員們，警戒起來，準備戰鬥。」洪翻茄力貫丹田發號施令。

雙方亮出武器，短兵相接。灶幫幫員雖然個個具備武功，可是面臨意外的突襲，毫無心理準備，很快就不敵元軍，最終被打得落花流水，死傷慘重。

「不行！再這樣下去，灶幫將被趕盡殺絕。」洪翻茄一邊浴血奮戰，大喊說：「各位長老們，不要戀戰，我們得設法突破重圍，為灶幫留下一絲命脈。」

「好！」長老們趕緊聽令行事。

洪翻茄奮力在前頭開路，領著大家逃到山林裡。

等確認安全無追兵之後，洪翻茄與長老們悲痛的檢討這突如其來的戰役。

「我南方幫員原有一千八百多人，現在只剩一百零八人。莫非是天要亡我灶幫呀……」長老清點人數，老淚縱橫。

「蒙古人為什麼要消滅灶幫？」洪翻茄悲憤不已。

「蒙古皇帝自登基以來就想要殺掉會武功的人，以免他們造反。」一個長老說，「他故意讓江湖各大門派間互鬥相爭，彼此削弱勢力，好讓他們坐收漁翁之利。」

「楊陋盧曾和我把酒言歡，還一再推崇灶幫是他們峨嵋派的始祖，對我十分尊敬。怎麼會跟他們在一起呢？」洪翻茄納悶又沉痛，「難道漢人就沒有氣節了嗎？」

「高官厚祿總是誘惑人心。」

「不只如此，聽說蒙古皇帝還用『武林盟主』的寶座加以利誘。」

「唉！竟然背棄同宗同祖的同胞，跟外人聯合來欺壓自己人，可惡啊！」洪翻茄胸中有滿腔的怒火，卻又感到無比的淒涼。

當天夜裡，眾人都沉沉睡去，只有洪翻茄醒著。他在營火旁向灶王爺的畫像下跪，雙手握著軒轅石祈禱。

「灶王爺在上，我洪翻茄是灶幫的大罪人，不但沒能興盛灶幫，竟還差點被蒙古人趕盡殺絕。但現在不是懷憂喪志的時候，在此生死存亡之際，請您賜給我力量，幫助我跟異族對抗。」

他緊閉雙眼，漸漸的想出一條計策……

每到八月十五中秋佳節，漢人都會吃月餅，但蒙古人沒有這習俗。做月餅不必用到刀具，也不會驚動蒙古人。洪翻茄決定串連擅長製作點心的點蒼派，在製作月餅時塞進一張字條，號召全國民眾推翻元朝。

灶幫弟子暗中進行這項計畫，從南方慢慢往北串連。

第二年的中秋夜，蒙古人遭逢突襲，許多朝廷重臣在睡夢中被殲滅。各大門派在洪翻茄的領導之下組成義勇軍，終於一舉把蒙古人趕回北方。

從庖癸為始，軒轅石數千年來在灶幫幫主間傳承，一直到現在。

但蚩尤石則流離不定，時而在民間，時而在宮廷，據說它後來又流傳到明朝太監劉瑾、明末的民變領袖李自成、清初的權臣鰲拜……等人手中。

可是清朝乾隆年間，蚩尤石竟然莫名其妙的消失了，從此沒人再見過它，也沒有人再談起它……

第三章 謎樣人物現身

板橋市某安養院三樓的病房內，落地窗簾後靜靜的站立著一個黑影，窗外車子經過時，車燈的光線打在黑影上，顯露出一位白衣人。

牆壁上的時鐘滴滴答答的輕響著，但不管秒針帶動分針，分針牽動時針，時間像沙子在沙漏中不停落下，那白衣人就這樣紋風不動，耐心靜候著，彷彿站成了一尊沉默的雕像。

牆上的時鐘走到凌晨三點，窗外已經鮮少人車經過，護理站的護士也慵懶的打起盹，就連空氣中再也沒有音波晃動，白衣人終於從簾後緩緩走出，無聲無息的來到陳淑美的病床前。

陳淑美躺在病床上入睡，她眉心微蹙，緊閉的雙眼中眼珠左右轉動，不時還微微的動著臉頰，似乎在夢中看見什麼，又像在追逐什麼，儼然進入了熟睡階段。

「淑美，淑美，請醒醒。」白衣人輕輕搖著陳淑美的肩膀。

他連續搖她三次，陳淑美都沒有任何反應。

「想必是經脈寸斷，脖子下完全失去知覺的關係。」他改輕拍陳淑美的臉頰，「淑美，淑美，請醒醒。」

「嗯……」這一回陳淑美有反應了，她哼了兩聲之後微微張開眼睛，說：「嗯，護士小姐什麼事……該吃藥了嗎？已經天亮了嗎？是不是我睡太久了？」

「抱歉必須吵醒你，我有重要的事情要告訴你。」白衣人懇切的說。

陳淑美聽見男子的聲音，猛然張開雙眼，豁然看見一張歷盡滄桑的臉孔。

「啊！你是……你是……」

「過了那麼久，你還記得我是誰嗎？」

「你……」陳淑美這時已經完全清醒，不自覺的點著頭放大了音量。「怎麼可能……你……」

白衣人擔心她嚷嚷大叫把護士引來，伸出食指熟練的在她喉頭附近點了一穴。陳淑美立刻張著嘴巴，眼睜睜的望著他。

「抱歉，我最近才聽聞你的悲慘遭遇，可惜我現在也無能為力，所幸志達幫你修復了兩組經脈。但你應該知道，有一股邪惡的勢力想傷害你，同樣也威脅著志達的安全，我非常擔心你們，因此才冒險現身，想來告訴你我所知道的事實。」

陳淑美一聽，臉上的表情和緩下來，眼神也變得柔和許多。

接著，白衣人開始娓娓道來，把軒轅石和蚩尤石這五千年來的爭鬥，以及灶幫的歷史，全都說給陳淑美聽。

「原來灶幫的第一任幫主是庖丁的六世孫，真想不到。」陳淑美訝異的說。

「啊！你的穴道已經解開了？」白衣人驚訝的說。

「不，你剛才點了我肺經上的中府穴，但我的肺經斷了，還沒修復，點穴自然起不了作用。」

「你怎麼不早說？」

「我剛剛聽得太入神了。你放心，我不會大聲說話引起值班護士注意，你不需要再點我的穴道了。」

「真抱歉。」白衣人點頭致歉。

「聽你說了這些，我雖然了解一些典故，但心中也激起千萬個疑問。嗯，我該從哪裡開始問起……我很好奇，你是怎麼知道這些的？」

「那是在我之前一任的幫主衛好農傳下的灶幫史。」

「是他親眼見證這些歷史現場嗎？」陳淑美又瞪大了眼睛。

「呵呵，軒轅打火石在歷代幫主間相傳，幫主都具有穿越時空的能力。」白衣人微笑著說，「大家累積下來的見聞，就是一部豐厚的灶幫史。」

「原來如此，志達也穿越過兩次了。」陳淑美恍然大悟，又發出疑問：「我們灶幫擁有軒轅石，但那個毒害我的主上，他手中似乎也握有能穿越時空的打火石，那又是什麼？」

「那很可能是消失已久的蚩尤石。聽說自從清朝乾隆年間，蚩尤石就神祕消失了。」

「既然消失，為什麼現在又出現呢？」

「我也不知道。」

「那麼這兩顆石頭怎麼會來到臺灣？」

「蚩尤石我不知道，但軒轅石在民國初年傳到了灶幫幫主蔡市仔手中。」

「蔡市仔？好有趣的名字。」陳淑美笑著說。

「一九四九年，國共內戰進入尾聲，國民黨徹底潰敗，許多人跟隨國民政府逃難到臺灣。當時蔡市仔上了太平輪，不料黑夜之中，太平輪與另一艘輪船相撞而沉沒，蔡市仔仗著高強的輕功逃過一劫，最終被其他輪船所救，還是順利抵達臺灣，也把軒轅石帶了過來。」

「那份『全脈神功』的祕笈呢？也是跟著蔡市仔一起來到臺灣嗎？」陳淑美好奇的問。

「不！那份『全脈神功』的祕笈，並非如外傳的由灶幫前輩所創，而是衛好農自行鍛練出來的神功。他在擔任幫主時，穿越回到古代，觀察五味名菜的發明過程，體會到五個相應的心法而研究出全脈神功。他原想嘉惠後代幫主，只要他們穿越到古代跟五大名菜的發明人學習那道菜的精神，用心體會，就能練出神功。」

「那祕笈上的祝融通古神咒又是怎麼來的？」

「那是從上古時代火神祝融所流傳下來的神祕咒語，歷代幫主都是口傳心授，不過衛好農特地寫在祕笈內，方便傳承。」

「聽起來，衛好農把軒轅石和祕笈一起交給了你。」

「沒錯。」

「既然如此，祕笈為何沒有交接給范衛襄前幫主，而是藏到臺北孔廟的屋頂上呢？還有，你不是已經死了嗎？」

「都已經過了二十五年，你竟然還記得我是誰。」

「雖然過了那麼久，可是你的外型變化不大，加上這一身長袍，我推斷你是湯之鮮前幫主。當時不只新聞有報導，你的訃文也在報紙上占了好大的版面，至今我都還有印象。而且我永遠也忘不了，因為那一年我才十二歲，我的母親也是在那一年過世的。」

「嗯。」湯之鮮無言的點頭。

「你為什麼沒死，卻又辦了隆重的喪事？有什麼難言之隱嗎？」陳淑美滿臉的困惑。

「唉！這又是另一個故事了。」湯之鮮捋捋白鬍鬚，搖頭嘆息。

第四章 白衣人的真實身分

雖然事過境遷，但我仍然記得非常清楚。

那一天我參加晚宴後回到家時，發現客廳的斗櫃、抽屜被一一撬開，裡面的東西被翻出來散落一地，而我的妻子癱倒在沙發上，女兒也倒在地板上不省人事。我緊張的上前察看兩人的狀況，發現她們沒有受傷，卻始終叫喚不醒，顯然是中了某種迷藥而陷入昏迷。

我心中恍然一驚：「祕笈！」

平時我將軒轅石隨身攜帶，但衛好農傳下的「全脈神功」祕笈，我一直存放在二樓的書房中。

我施展輕功，無聲無息的上了二樓書房，看見大書桌後面，一位黑衣人正背對著我，出神的盯著手上的一大張紙。那正是我藏在後方書架，夾在《紅樓夢》書中的祕笈。

「大膽！」我大喝一聲，一個箭步過去要搶祕笈。

那黑衣人回過頭來，但他用布遮住了面容，無法得知他在黑衣底下的真實身分。他及時轉身躲過我的手掌，並且把祕笈塞進衣服中，露出一半在外。我出招再搶，他便跟我格鬥起來。

我師承民灶派，也熟知各派的功夫，沒想到黑衣人施展的都不是這些招式，他把五指併攏成杓狀，從上而下不停攻擊我的頭部，幸而我都一一閃開。後來我回想起來，那姿態很像是毒蠍子高懸著尾巴要螫敵人。

我用茶掌六式打他，他竟然手腳攀在牆上閃躲，就像蜘蛛在移動。我看掌功難以取勝，改以油爆拳近身攻擊，在他胸口和下巴打了好多拳，他挨拳之後連連後退，祕笈也被我乘機搶了回來。

他見我奪回祕笈，急忙繞到我身後，高舉的杓形掌冷不防在我左肩上啄了一口，我頓時感到左臂痠麻，心口悶塞不通，再看見左手發黑心中大驚，知道心經已經受到毒害。

接著，他張開五指，有如毒蛇立起身驅要來搶我右手的祕笈，我急忙退縮抓緊祕笈，不料他五指猛然一抓，竟扯下祕笈的一部分。他又伸出毒蛇般的手掌攻擊我的腹部，我急忙轉身伏低，用橫柴入灶肘頂他的腰背。他哀叫一聲，退到一旁。

這時我妻子醒了，提劍衝上二樓幫我。那個黑衣人見敵不過我們夫妻聯手，便破窗而逃，手中還抓著扯去的一半祕笈。

我的左手如木炭又黑又腫，我妻子顧慮我的傷勢放棄追他，趕緊放下寶劍點我手臂的穴道，以防毒血流入心臟，並且在我背後運氣。這時我的女兒上樓看見我們，急忙來到我妻子背後運氣，透過她把真氣都傳送給我。

所幸她們兩人及時搭救，毒血沒有流入心臟，被集中到左掌小指尖。我二話不說，拿起劍割開小指排出毒血。雖然保住一條小命，但我被毒物侵蝕的心脈已然寸斷，害我功力大減，說起話來都氣若游絲。

我的妻子帶我到醫院治療，但中西醫用藥都沒有效果，之後我們又請來武功高強的長老們來幫忙運氣，也無法接通我的心脈。灶幫內一位醫術高明的長老對我說：「你中的很可能是五毒陰功，這世上能醫治你的只有『全脈神功』，可惜會這功夫的前幫主衛好農已經過世多年，現在你的傷無人可醫。不過，如果你能每日在山林中打坐，吸取山水靈秀之氣，滋養日月星光精華，安心靜養，或許有復原的一日。」

我雖曾聽聞五毒陰功，卻從來沒有見識過，也沒看過有人被這功夫所傷，難道黑衣人施展的就是五毒陰功嗎？

經過這件事之後，我的妻子非常擔憂，即使加強了家中的保全設備仍每天提心吊膽。她看我傷了心脈，也無法好好處理幫內事務，便提議我不如提早交出幫主的職位，好落得清靜。我雖有同感，但自灶幫創立以來，沒有提早交出幫主職位的前例。即便有幫主在任內死亡，也是由各山頭長老共同治理幫務，直到下一屆武藝大會選出新任幫主為止。

死亡！對了，我所剩的任期不過五年，不如我就順勢詐死，將祕笈嚴密的藏起來，再將軒轅石交付銀行信託，自行隱居到山林療傷，不再過問江湖是非。

因此我在家人祕密安排下，買通醫護人員開出死亡證明，發出死訊，籌辦喪禮，並且辦得盛大而隆重。我選定日月潭邊的慈恩塔頂作為隱居修養之所，讓妻子和女兒把假骨灰壇安放在附近的玄奘寺，有空時到此祭拜，我們再暗中相會，此後一切順遂。

十年後，我的妻子得了急症過世，女兒也嫁人移民加拿大，我無牽無掛的在山林間療傷，竟也恢復往日七、八成功力了。直到那一日灶幫的武藝大會在慈恩塔對岸舉行，我感應到教師會館頂樓有人暗中傷人，一時看不慣才出手干預，想不到救的人就是你。

「什麼？」陳淑美聽完湯之鮮回憶過去，不禁吃驚的說。「我當時用輕功去追飛出的劍，感到有一股內力強推我往西邊的進水口過去，就在我毫無招架之力時，又莫名其妙的被一股更強大的內力拉回去。你就是那個救我的人？」

「是的，有人在比賽作弊，試圖干預我們灶幫流傳千年的武藝大會。」

「可是你曾經擁有祕笈也會全脈神功，為什麼不能自救寸斷的心脈呢？」

「唉！說來慚愧。」湯之鮮搖頭苦笑。「那全脈神功有五式，我因幫務繁忙只練到第四式，而那第五式恰恰與心脈相關。所以我才落得被人毒害了心脈，卻完全沒有自救能力啊。」

「你知道當時在樓頂上要害我的人是誰嗎？」

「我不知道，我已經不過問江湖俗事二十多年了，滄海桑田，人事全非，怎麼會知道這些？」

「你既然不過問江湖俗事，為什麼現在又離開山林呢？」

「我前幾日在日月潭邊，聽到釣魚虎的人們談到你的悲慘處境，與多年前我中毒的情況十分相似，所以才想下山查個清楚。而且每回在新舊幫主交接典禮之後，舊幫主照例要將這些灶幫史講述傳承給新幫主聽，當年我詐死，自然沒有完成這一項工作，也感到十分愧疚。」

「范衛襄幫主不知道這些，真是可惜。」陳淑美感嘆的說。

「如今把這些史事說給你聽，我也可以卸下心頭的重擔，少了許多遺憾。至於志達，」湯之鮮又說，「你放心，我會幫忙他學會所有的全脈神功，讓他早點治好你的毒傷。」

「多謝前輩。」

「其實，志達所吃到的那一道西湖醋魚，是我假冒廚師故意上錯菜給他暗示的。他們原先點的不是西湖醋魚，而是松鼠鱖魚。」

「竟然還有這件事，志達沒有告訴我，他似乎不知道。」

「他們當時待在包廂中，並不知道廚房發生了什麼事。」

「這麼說來，前輩知道五道神菜的內容，為什麼不直接告訴志達，要用暗示的呢？」

「不，衛好農幫主當年傳下祕笈給我時，曾要我先發下毒誓，不可洩漏祕笈中的內容給幫主之外的人，不然會遭五雷轟頂。還好，那孩子心地純良悟性高，一吃就能領悟。」

「太好了，湯前輩，我是新任幫主。我可以發毒誓，請你告訴我五大神菜的內容。」陳淑美一聽高興的說。

「依照幫規，必須對著灶王爺神像和桌上的祕笈、軒轅石下跪，才能宣誓。」湯之鮮語重心長的說，「你現在既無法下跪，那祕笈也不是完整的祕笈了。」

「唉，我了解了。」陳淑美傷心的說，「看來我的傷是不會那麼快好轉了。」

「現在修復的情況如何？」

「志達已經用全脈神功第一式和第二式，幫我修復了脾經、胃經、肝經和膽經。我的身體恢復了部分的知覺，心情比較開朗，胃口也好多了，最近感覺胖了不少。」陳淑美尷尬的笑了笑。

湯之鮮坐在床緣，幫陳淑美把脈，然後頻頻點頭。

「對了，湯前輩，雖然你不能說出祕笈的內容，但你會全脈神功一到四式，能否請你用第三式和第四式，幫我治療其他經脈，讓我早點脫離臥床之苦？」

「很抱歉，我無法這樣做。」

「為什麼？」

「那位醫術高明的灶幫長老曾告誡我，由於我的心脈曾遭受毒害，萬萬不可輸出真氣為人運功治病，即使將來功力完全恢復也不行，否則會心脈潰散，心臟爆裂而亡。」

「罪過，罪過，湯前輩真抱歉，請當我沒有說過。」

「但我現在仍有餘力可以調查主上的身分，不過，我需要用到軒轅石，這也是我來這裡的另一個目的。」

「這沒問題，」陳淑美寬慰又期待的說，「等明天志達來看我的時候，我就叫他把軒轅石交給我，我也不希望他一個人暗中調查。對一個國中孩子來說，實在是太危險了。」

這時窗外透出天光，馬路上開始傳來汽車呼嘯的聲音。

「天亮了，再過一會兒護士就會來查房。」陳淑美看看牆上的時鐘說。

「那麼我先走了，今晚的事你先不要向任何人透露，以免節外生枝。」

「包括志達嗎？」

「是的。他現在擁有軒轅石，我擔心他如果知道這些事，一時衝動回到古代去，恐怕發生意料之外的危險。」

「好……」

不等陳淑美說完，湯之鮮便轉身翻開窗簾，拉開窗戶，縱身往下一跳。

第五章 借用軒轅石

經過「企業杯廚藝大賽」後，林志達和安南的友誼更好了，與酷鷹和暴龍兩人相處也更加自然，而非之前的老大和小弟關係。校園變得平靜，老師和同學們都感到氣氛變化，紛紛探詢原因，志達的事蹟成了眾人談論的話題。

志達在學校發覺大家看他的眼神不一樣，好奇中還帶著幾分尊敬，但他不喜歡成為人群目光的焦點，刻意保持低調，也不跟安南他們一起行動，下課時仍然靜靜的看著他的書。

他回想幫安南把毒血逼出來的事，到圖書館查資料，發現安南頭頂被毒蜘蛛咬到之處稱為頭臨泣穴，而腳掌上那個穴道叫做足臨泣穴，兩個穴道相連，難怪他往腳上的穴道施壓內力，能從頭頂逼出毒血。

「人家說頭痛醫腳，腳痛醫頭，原來是有道理的。」

他也想著媽媽的病，在圖書館裡翻找食譜，搭配中醫的基本理論書籍，設想哪一道菜會是第三道神菜。他打算把猜測的那幾道菜一一做出來吃，如果吃到神菜應該會有特殊的感應。

第一道神菜「雞仔豬肚鱉」是甘味的，第二道神菜「西湖醋魚」是酸味的，按照「五味入五臟」的原理，甘味入脾臟，酸味入肝臟，那麼剩下的就是鹹、辣、苦三味了。第三道神菜不知道是哪一味？

他翻閱了好多食譜，看了好多名菜的作法，心想：就算知道是哪一味，這麼多料理就像是大海撈針。最後不得不先放棄。

這天放學後，方羽萱邀請志達到她家一同練功。

「這是把酒三肘：綠蟻肘、杜康肘、醍醐肘。」羽萱演示官灶派的拳腳功夫給志達看。

「我外公有說過，我們民灶的肘法是柴火三肘：把手肘左右橫移的橫柴入灶肘，上下移動的乾柴烈火肘，前後分推的曲突徙薪肘。跟你們的很像。」志達高興的說。

「真的耶。」羽萱先是興高采烈。接著又低落的抱怨：「唉！我最喜歡綜合梅、蘭、竹、菊，四君子掌快打而成的花鳥掌，就單一個名稱，簡單好記，不像其他的都好複雜，尤其是書畫二十六劍法，我怎麼背都背不全。」

這時阿弟推著輪椅上的方子龍從屋內出來，方媽媽跟在後面，屋外停著一臺廂型車，他們似乎要出門。

「不會難記，只要你一一把他們學起來，再分門別類，很快就會記住了。不過就是永字書法八劍，九皴法劍式和九描法劍式。」方子龍知道他們在討論功夫，忍不住插話。

「爸，你們不是要出門嗎？還在這兒關心我們練功。」羽萱嘟囔著說。

「時間還來得及。」方子龍意猶未盡，繼續說給志達聽。「志達，那永字書法八劍來自寫毛筆的點、橫、豎、勾、提、彎、撇、捺。九皴法劍式來自畫山石紋理的皴法，九描法劍式來自人物衣服皺褶的描法……」

「爸，拜託你，不要再說了，我的頭快爆炸了。」羽萱苦著臉誇張的哀求。

「你就是沒耐心才學不會。」方子龍不理他，繼續對志達說：「譬如曹衣出水描，是用細密的線條去描繪衣服的皺褶，像是從水中走出來的樣子。當時武藝大會時，魏興不是飛到水面上施展輕功嗎？他就是先用這一招在水面描出波浪，然後蹬那浪頭才落在小船上的。」

「有，我記得。」志達聽得興味盎然。

「還有，魏興連番使用斧劈皴式和披麻皴式的劍法去攻擊你媽媽，她卻能用溫醇烏醋式和甘澀果醋式將它們一一化解，以柔克剛，真不簡單。」方子龍讚嘆的說，「其實民灶派的洌醋五劍式不是都這麼溫潤的，還有酸洌白醋式、割燒鎮江醋式、封喉五印醋式，都極具殺傷力。」

「官灶派也很厲害，我媽媽都說她會贏得比賽只是運氣比較好罷了。」志達謙虛的說。

「噢，你現在會這麼說了。」羽萱虧志達。

志達不好意思的笑了笑。

「子龍，該走了，你一打開話匣子我就擔心。」方媽媽催促說。

「爸、媽，你們要去哪裡？」羽萱好奇的問。

「我們要去參加募款晚會。」方子龍說。

「這是為了幫助貧困的家庭所發起的義賣活動。」方媽媽也說。

「哇！你們是義俠，就跟廖添丁一樣。」志達敬佩的說。

「哈哈哈！不一樣，不一樣，你說的那種是劫富濟貧的義賊，我們是取之於社會用之於社會。」方子龍笑著說，「而且現代社會的結構跟以前不同，那種行為不見得是對的。」

「哦，怎麼說？」志達問。

「因為……」方子龍說。

「別再說了，時間快來不及了。」方媽媽看看手錶催促。

「好吧！志達，有機會叔叔再跟你解釋。」方子龍點頭揮手。

他們上車離去了，志達和和羽萱也進屋去。

阿弟在飯桌上準備好飯菜，他們邊吃邊聊。

「你爸剛才說的是什麼意思？」志達問。

「我也不懂。」

「劫富濟貧怎麼會有錯呢？」

「我爸這麼說當然有他的道理。」羽萱忽然話鋒一轉。「我覺得繼程的外公好疼他，讓人真羨慕！」

「為什麼突然這樣說？」志達問。

「這個週六是繼程的生日，他不是在通訊群組裡說，他外公在他們『瀟湘煙雨湘菜館』辦了一桌菜，讓他請朋友吃飯嗎？」

「是啊！」

「我爸只會買蛋糕，叫我邀同學來家裡。」

「那不是一樣嗎？」

「那可不一樣，一個蛋糕跟一桌子菜怎麼比呀？可惜我一點半要上鋼琴課，沒辦法待到最後。」

「沒關係，繼程不會介意的。我們能去他應該就很高興了。至於你沒吃到的菜，我就一人吃兩份，幫你吃回來，哈哈！」

「哼！讓你占了便宜。」羽萱故意裝作生氣的模樣，其實嘴角帶著笑意。

吃過飯之後兩人道別，志達便轉去安養院看望媽媽。

「你有帶軒轅石嗎？」陳淑美一見志達，劈頭就問。

「有，這麼重要的東西，當然要隨身攜帶。」志達微笑著說。

「你今天把石頭留下來，不要帶走。」

「為什麼？」志達疑惑的問。

「我想起之前曾聽長老說軒轅石有特殊靈力，我想放在我身上，試試看有沒有功效。」陳淑美撒謊。

「噢，好啊！」志達沒有猶豫，拿出石頭放到媽媽的手中。

兩人一邊聊天，志達一邊幫媽媽按摩，捏捏手腳的肌肉。雖然陳淑美已經接通四條經脈，恢復了部分的知覺，但是還是無法起床行動，整天躺在床上，如果不經常按摩，肌肉就容易萎縮。

「好了，時間不早了，你快點回去休息吧。」陳淑美說。

「好，那我明天再過來。」志達說完便離開了。

陳淑美決定先小睡一下，等湯之鮮來的時候才有力氣，怎知腦中越想快點入睡，反而越難睡著，就這麼閉著眼睛胡思亂想。

終於到了凌晨三點，一道白影翩然來到病房，輕聲呼喚：「淑美醒醒，我來了。」

「呼！終於解脫了。」陳淑美急忙張開眼睛，「我拿到軒轅石了，請湯老前輩拿去。」

「告訴我，你是如何中毒的？」湯之鮮拿走軒轅石問道。

「根據警方調查，慶功宴當天，有人在我的杯子上塗抹了毒液，後來我喝了酒，嘴唇沾到了毒液就不省人事了。」

湯之鮮聽完陷入沉吟。

「對了，雖然湯老前輩沒辦法直接說出剩下的三道神菜，但能不能給我一點提示？」

「這個嘛……我發誓不能說出菜名，該怎麼說才好……」他垂著雙手，低頭思索。「就拿第三道神菜來說，我只能說它是辣的……」

「是辣的，還有沒有？」陳淑美追問。

湯之鮮又低頭思索了一會兒，說：「有沒有紙筆？」

「桌子的抽屜裡面有。」

湯之鮮拿出紙筆，寫了一些東西，拿給陳淑美。

「這是什麼意思？」陳淑美看著紙條，感到非常困惑。

「志達一定能懂。」湯之鮮說完便高舉軒轅石，拿出鐵片敲擊：「雷金流火，天地玄黃，元祖叱吒，萬古流芳，天清清，地靈靈，帶我回到陳淑美中毒的那一天……」

「可是這……」陳淑美想進一步發問，卻已經來不及了。

第六章 慶功宴上的真凶

當青熊之火消失時，湯之鮮落在一個三合院後的竹林裡。

「喂！你們兩個男生，我們三個人來組一個群組吧？就叫做……『少年廚俠』，好不好？」一個女孩的聲音喊道。

「好啊！」兩個男生同聲應和。

湯之鮮從竹林縫隙看出去，看見女孩是羽萱，一旁志達和另一個男生正拿著手機。

羽萱設好群組之後，把手機收進口袋，天真的問說：「林志達，當幫主的兒子滋味如何？」

「不怎麼樣，就像你剛才說的，一直要有禮貌的跟別人打招呼，好累呀！」

「哈哈！」羽萱和另外那個男孩都笑了。

湯之鮮心想，大概是孩子們趁慶功宴開席前躲在這兒聊天。他聽到屋後人聲吵雜，便從旁邊穿過竹林和屋子，來到稻埕。

只見稻埕裡擺滿紅圓桌和紅椅子，到處都是人。

「不曉得主桌在哪裡？」他往大廳門口看去，看見一個大圓桌，估計能坐十五人。

一個男工正低頭在那兒擺餐具，湯之鮮看見他遮遮掩掩的在主位的杯子上塗抹什麼東西。

「就是他。」湯之鮮心想。

湯之鮮正想過去一探究竟，卻見那個人已經離開主桌，往稻埕外走去。湯之鮮急忙跟過去，但是稻埕上站滿了前來參加宴會的賓客，他一直被擋住去路，等來到稻埕外面，已經不見那個人的蹤影。

他施展輕功，跳上一棟透天厝的屋頂，發現那人的背影正往遠處一間土地公廟奔去。他飛跳下來，急追上去。

「喂！」湯之鮮來到那人的後面，從後方拍他的肩。

那個人轉過頭來，嚇了湯之鮮一跳。他的左臉頰有道形狀怪異的大傷疤，額頭有三條深深的橫紋，眉毛稀疏，眼眶深邃，法令紋極深，嘴角歪斜一邊，長相奇特。

「你是誰？為什麼要下毒？」湯之鮮生氣責問。

「輪不到你管。」那個人撥開湯之鮮的手，湯之鮮卻翻轉右手要抓他，兩人打鬥起來。

「吼——」伴隨一聲吼叫，那個人的臉上瞬間生出長吻，手上也冒出爪子，變成一隻大豺向湯之鮮咆哮。「竟然敢來惹我怒豺！看我怎麼修理你。」

「交出你的毒物。」湯之鮮正氣凜然的說。

「看來你是自動送上門來的大餐！唉，別人吃慶功宴，我卻只有老人血可喝。」怒豺挖苦的說著，張開大嘴朝湯之鮮而去。

湯之鮮用民灶派「拌醬四腿」中的沙茶腿將他絆倒，又用甜麵腿踢他的後腿骨。

怒豺惱怒的從地上起身，張牙舞爪過來，湯之鮮一不注意，左手臂遭爪子一抓，鮮血便從爪痕處湧出。

「可惡！」湯之鮮施打茶掌六式，前四式攻擊他的頭頸臉面，第五式的龍井掌則朝他胸口猛擊，第六式普洱掌讓他倒地。

怒豺趴在地上，只能頻頻喘息。

正當湯之鮮想上前盤問，忽然一陣陰風從背後吹來，湯之鮮感覺不妙，側身閃過，一個蒙面人從天而降，一掌朝他打來。他急忙出掌將那手臂推開，怒豺趁這空檔逃之夭夭。

這人就是主上嗎？湯之鮮心想，便不客氣的朝他打出鐵觀音掌。

「你……你不是死了嗎？」蒙面人看見湯之鮮，似乎對於他的出現大感意外，湯之鮮這一掌狠狠正中他的腹部。

「啊！」蒙面人痛叫，彎腰倒地翻滾，一個東西從懷中掉落地上。

湯之鮮撿起來，發現是個五彩刺繡的錦囊，裡面裝了一個沉甸甸的東西，袋子上還縫了一塊剪成兩段的黃布，布上繡著「王小余封印，乾隆十三年」的字樣。他打開錦囊往裡瞧，赫然看見一顆和軒轅石極為相似的石頭。

「啊，是蚩尤石？」湯之鮮驚訝的說。

「還給我！」蒙面人激動的叫道。

蒙面人把五指併攏成杓狀，高高舉起要朝湯之鮮攻擊，那姿態就像是毒蠍子的尾巴懸空來螫敵人。

「啊！」湯之鮮驚駭不已，他回想起多年前就是這功夫傷了他的心脈。那是狠毒的五毒陰功的招式。

不容他細想，那毒刺般的手掌已經近在眼前，他戒慎恐懼的出臂隔開，不敢正面迎擊。對方跳到他身後又要一刺，他急忙翻身，朝對方背後拋出錦囊，然後轉身逃跑。

趁著蒙面人回頭去撿錦囊，他急駕輕功逃到隱蔽處，總算有驚無險的逃過一劫。

王小佘？這名字似曾相識，他低頭思索，是不是〈廚者王小佘傳〉裡寫的那個王小佘呢？

他還記得自己當年接掌幫主之位後，為了充實能力大量閱讀，凡是跟飲食文化有關的著作，像是記載北宋汴京城繁華生活的《東京夢華錄》，描繪許多清代貴族飲食的《紅樓夢》，袁枚的《隨園食單》……不論古今他都翻了好幾回，發憤研究，即使詐死隱居的二十多年間仍是閱讀不輟。

這「王小佘」是中國歷史上第一位被寫入傳記的廚子，而為他立傳的人是清朝的文學家袁枚。袁枚二十四歲就中進士，在江蘇一帶做官，住在三百畝的「隨園」裡。袁枚講究生活情趣，不僅懂得吃，也擅長烹煮，難怪會重視一般人輕視的廚子。

王小余的名字怎麼會出現在裝了蚩尤石的錦囊上呢？看來，找到王小余就可以找到蚩尤石的線索。

於是湯之鮮再度唸出咒語，敲擊軒轅石，目標是乾隆年間的王小余。

✲ ✲ ✲

當青熊之火再度燃起又消失，湯之鮮發現自己居然站在一艘大船上。

嘩——嘩——

大船正在汪洋大海中，上下左右的搖晃顛簸得不得了，海水不斷潑打上船，噴得他一身溼溼黏黏的鹹腥味。他一看清環境立刻衝到一旁，拉住一根固定桅杆的粗麻繩，免得摔倒。

忽然，他聽見有人在喊：「救命啊！有人落水了。」抬頭看去，是一個水手抓著船緣的欄杆，一手伸向海面，慌張的叫喊。

想必這海象太惡劣，就連船員也不敢跳海救人，於是他不假思索的跳下海裡，用油水分離的輕功在浪頭上跳躍搜尋，果然發現一個灰褐色的人影在海面上載浮載沉，高舉雙臂在呼救。他急忙奔躍過去，將那個人衣領一提，飛越回大船上。

那個人吞了不少海水，難過的抱著肚子嘔吐，一會兒之後喘著大氣，看起來沒什麼大礙。

「感謝恩公救命之恩。」那個人死裡逃生，連忙跪下來向他磕頭，一連十幾下。

「別磕頭，不然你又要暈船。」湯之鮮扶他起來，果然又吐得一塌糊塗。

湯之鮮扶他進艙房休息，片刻後男子漸漸平靜下來。

「請問恩公尊姓大名，我王小余日後必當報答你的大恩。」

「啊！王小余。」湯之鮮心中大喜，恰恰就是他要找的人。他掩飾興奮，正經的說：「我叫做湯之鮮，能夠搭同一艘船是我們有緣，我不需要你報答，我今年七十五歲，看你大概二十歲，可以當我孫子了，咱們來個忘年之交吧！」

「謝謝恩公，我不敢高攀。」

「小余娃兒。」湯之鮮調皮的說。

「湯老爹。」王小余靦腆的叫。

「這就對了。」湯之鮮高興的笑著。

「湯老爹功夫了得，剛才竟然在大風大浪中，輕功乘風破浪，真是了不起。我跟我的師父學過梅、蘭、竹、菊，四君子掌，也學過果拳，但都是用來做菜，我從沒見過像你這麼高超的功夫。」

「三日下廚房，洗手做羹湯。」湯之鮮說。

王小余眼睛一亮，抖擻精神坐起身。「誰知盤中飧，粒粒皆辛苦。」

「開門七俗務，柴米油鹽醬醋茶。」

「閉戶七高古，琴棋書畫詩酒花。」王小余開心的說。

湯之鮮原本還要往下說，小余卻拉著他的手：「我是官灶派的。」

「我是民灶派的。我知道你在袁枚家當廚子。」

「老爹認識我們家大人？」王小余驚喜的問。

「他能詩能文，當官又好名聲，誰不認識？不過他不認識我，我是個無名小卒。」湯之鮮轉個話題，「對了，難不成袁大人也在船上嗎？你們要去哪裡？」

「不。我家大人不在。我一個人上北京去，幫曹府做菜。」

「怎麼？有人出了更高價要挖角嗎？」

「是北京的曹府寫信給我家大人，要我去他家掌廚幾日，日日算錢，還送我家大人一幅精美的字畫。我家大人二話不說就答應了，行前還叮囑我要拿出真本事，不要讓他丟臉。所以我才會搭上這艘上京的船，遇到老爹。」

「我正巧想到北京見見世面，就讓我和你一起去曹府，當你的幫廚吧。」

「不，老爹是我的救命恩人，又比我年長，怎麼可以讓我使喚呢？」小余不安的說。

「對對對，使喚我就是報答我。」湯之鮮笑著。

「天底下還有這樣的事？」小余為難的說。

「因為你的廚藝遠遠在我之上，我想跟你學做菜。」

「這樣的話……那好吧！不過我先把話說在前頭，如果多有得罪，老爹可千萬不要見怪。」小余勉強答應。

「太好了。」湯之鮮開心點頭，隨即接著問：「今年是乾隆十三年嗎？」

「是啊！」

「你為什麼要把錦囊封印？」湯之鮮試探問道。

「什麼錦囊？我聽不懂。」小余感到莫名其妙。

「啊，沒事。」湯之鮮說，心中猜測應該是封印這事情還沒發生。

兩人相遇兩天後，他們從大沽口上岸，曹府派了馬車載他們到天津，又往北京城去，抵達時天已經黑了。

總管自稱姓吳，是一個中年人，他提著燈籠，低沉著聲音說：「先去見當家的。」

他們唯唯諾諾的跟在總管後頭，穿過幾重院落，來到一間廳堂的正門，有個紅衣婦人坐在裡頭，背對著大門正在寫字。

「竹大奶奶，人來了。」吳總管恭敬的報告。

「怎麼讓我等這麼久？」

婦人擱下筆轉身過來，竟然年約二十來歲，梳了高高的鳳凰髻，瓜子臉，白皮膚，明眸皓齒，水靈靈的眼睛帶著精光，微微上翹的柳葉眉透出一股傲氣。她拉起腰中繫著的一個五彩刺繡的錦囊在手中把玩著。

湯之鮮一看驚訝不已，因為這錦囊跟他在稻埕外看見的很像，只是少了封印的黃布，而且顏色鮮豔許多。

小婦人把他們兩個上下瞧過一遍，眼光像是可以穿透衣服那樣犀利。

「哪個是王小余？」她問。

「小的在。」王小余應聲上前。

「呵！你家大人也真是不明事理，我家老爺的官位雖然在他之上，卻並不是仗勢欺人的人，居然一下派兩個人過來。需要這樣巴結嗎？」她不高興的斜視著湯之鮮說。

「噢！不，我是來幫忙的。」湯之鮮急忙說。

「這位湯老爹是我的救命恩人，我們在船上偶遇，他想跟我學做菜，所以臨時……一起來……」小余連忙說明。

「夠了，廢話太多。」竹大奶奶從桌上的記帳簿撕下一張白紙，然後在上面寫了兩行字遞給王小余。「你自己看，識字嗎？」

「認得。」王小余接過白紙，「王小余帶人來，吃住穿用一切花費，一律從王小余薪錢扣用。」

「簽字吧！」竹大奶奶不耐煩的說。

湯之鮮還沒搞清楚怎麼回事，王小余就已毫不遲疑的拿起桌上的毛筆，簽下自己的名字。

第七章
大宅院裡的祕密

竹大奶奶微微一笑，收起那張紙，然後臉一沉，正色對他們說：「我們大戶人家人多口雜，希望你們兩個外人安安分分的做菜。如果多事，絕不輕饒。」

「遵命。」兩人都鞠躬稱是。

接著她像是感到疲倦似的輕嘆口氣，揉揉太陽穴，然後給一旁的總管使個眼色。吳總管便對他們說：「走吧！帶你們到下人睡覺的地方。」

兩人跟著吳總管走出去，來到陰暗的迴廊上，湯之鮮問：「這位竹大奶奶是……」

「曹府的當家媳婦，她娘家在江寧當大官。」吳總管說，「就是她作主叫王小余來的。」

「這麼厲害！」小余驚訝的張嘴。

「老爺在朝當官，奉命監造親王府邸，常常三天兩頭不在家，兩位少爺是要求功名的，只顧讀書，啥事都不用管。那風竹少爺，我們叫他竹大爺，已經中了舉人，可惜身體不好無法去任官職；雪芹少爺，家裡人稱呼他芹二爺，可惜他還沒考上舉人，老爺和竹大爺都替他著急呢！」

「因此曹府是由女眷當家？」湯之鮮問。

「是啊。竹大奶奶名叫汪喜紅，從小被人當男子教養，讀書寫字都學過，老爺讓她當家，她果真把六、七十人的曹府打理得有條不紊。」

「曹老爺結這門親可真是結對了。」湯之鮮脫口而出。

「小心縫上你的嘴巴。」吳總管斥責說，「我們背後都叫她紅辣子，上回有個小僕偷了把扇子被她打了一頓，送官關了三個月，你最好不要輕浮，不然包管你脫層皮。你們既然進了曹府做事，就得把眼睛放亮一點。」

兩人跟著吳總管到後院灶房旁的小屋睡覺。臨走時吳總管說：「廚子們天未亮就要起來工作，你們早點歇息吧！」

他們聽話趕快睡下，由於趕路疲累，很快就鼾聲大作。

不知睡了多久，一個老女人的聲音把湯之鮮吵醒。「起來了，曹家上下就你們還沒醒。」

他連忙起身，見王小余已經起來整理服裝了。

那個老女人個子矮，國字臉，身材頗為結實，雖然滿臉皺紋，眼皮下垂，但是目光有神，看起來也是頗為幹練。「人家叫我牛姥姥，負責管理灶房，你們兩個跟我來。」

她說完便回頭快走，兩人連忙跟上腳步，轉個彎就到灶房。

「進了灶房由我說了算，今兒你們來了，小心使用著，別砸破了鍋碗瓢盆，否則可都是要賠錢的。」牛姥姥仔細叮嚀著。

湯之鮮進去一看，曹府的灶房應有盡有，除了一座田字四口連灶，可同時煮四道菜，一旁柴薪堆如小山，桌上擺滿了甲魚、豬肉、雞肉、豆腐等食材，油鹽醬料也齊備，而且都用大瓷壺、大瓷罐裝著，不愧是大戶人家。

「他們怎麼知道你要煮什麼菜？」他好奇的問小余。

「我家大人在回信上就說好了。」小余說。

「竹大奶奶昨半夜給我菜單，今早我就叫人去買了。」牛姥姥也回他，然後對小余說：「明天開始你們自己去買菜，我叫我孫子小狗子帶你們去。你說幾時能上菜？」

「有兩道菜需要時間燉煮，估計要申時[1]才能出菜。」小余說。

「那好，兩口灶給我熬粥煮早點，你們先去準備，水井在前面，出去就看到了。」牛姥姥說完到門口叫喚：「小狗子快來生火。」

一個小男孩聞聲馬上跑進來，蹲到灶口點火。

「跟我去洗菜切肉。」小余示意湯之鮮把食材裝進籮筐裡，又拿了菜刀砧板就往井邊走。

他們蹲在井邊，花了好一番功夫完成準備工作。回到灶房內時，牛姥姥已經煮好大米粥，蒸好了三籠饅頭，炒好四道小菜。她塞給他們一人一顆饅頭說：「吃完早飯快上工。」

小余吃過早飯，滿意的抿嘴微笑，拿了一條布巾往頭上一綁，臉上充滿剛毅的神采。他轉頭對湯之鮮說：「湯老爹，另外兩個灶需要補上柴火，動作快。」

湯之鮮嚇了一跳，自兩人相識以來，還不曾看小余用那種命令的語氣對他說話。

從那一刻開始，除非下命令，否則小余不出聲了。他就像白鶴那樣站立著，目不轉睛的盯著鍋內看，彷彿那裡是唯一的大千世界。周圍除了呼吸聲和揮動廚具的聲音，沒有其他雜音。湯之鮮如果講話，還會被他打斷，似乎他永

1 申時相當於下午三點到五點。

遠在側耳傾聽鍋中的聲音，等待著變化。

小余一會兒說：「這邊要猛火。」湯之鮮就趕快加柴薪，把火勢加到像大太陽那樣猛烈。

一會兒後小余又說：「撤。」湯之鮮就開始遞減柴火。

或是說：「且燒著。」就把湯之鮮棄之不顧。

有一次湯之鮮加柴薪的動作慢了，小余慌張的過來把他推開，自己丟柴進去，然後毫不留情面的破口大罵：「你在磨蹭什麼？你若是要偷懶就去房間睡覺，我說什麼你得快點做！」

湯之鮮有點生氣，但他沒有發作，摸摸鼻子吞下一口氣。

「撤！撤！」小余指著一個灶，「這個灶，快點撤。」

湯之鮮一聽，急忙用鐵夾把柴火夾出來。

「啊！快焦了！」小余驚慌的抬起灶上的一鍋燒肉，放到一旁桌上，壓壞了幾根芹菜和蔥。他暴跳如雷，瞪著湯之鮮，彷彿看著不共戴天的仇敵。「動作那麼慢，信不信我狠狠的揍你一頓？」

「來呀！誰怕誰？」湯之鮮這回忍不住了，挺起胸膛回他。

這時牛姥姥剛好走進來看見這一幕，她非但沒勸和，反而回頭拿起桌上兩把菜刀丟到地上，豎起眉毛振振的罵道：「要打架到外面去打，打死一個再回來。」

小余不說話，呼出一口氣，低頭看灶裡的火變小了，把鍋子放回來。牛姥姥拿了根柴火走了，湯之鮮默默的把兩把菜刀收起來、放回原位。經過這次教訓，湯之鮮繃緊神經、戰戰兢兢的聽從小余的命令，片刻不敢馬虎分神。

終於到了申時，幾道菜也都完成了，小余顧著灶火，湯之鮮端著煮好的菜餚走出灶房。他看見小狗子在外面顧個小爐，一邊搧風，似乎在煮藥汁。

牛姥姥在前面領路，帶他來到一間雕梁畫棟的花廳，裡面一張大圓桌，已經坐著老太太、老爺、太太、兩位少爺、兩個奶奶。他們看見上菜了，個個笑逐顏開，只有竹大奶奶不露喜怒，把玩著手中的錦囊，緊緊的監看著湯之鮮。

他來來回回依序上四道菜：紅燒燉肉、帶骨甲魚、蘿蔔絲煨魚翅、蜂洞糕，接著又轉回到灶房準備出下一道菜。

「豆腐羹好了。」小余說著拿起大杓舀起羹湯，湯之鮮急忙拿大碗來接。

他心想，太好了，忙了一整天，上完這道八寶豆腐羹，終於要上最後一道湯品，待會兒就可以休息了。

再去到花廳，老爺對他說：「叫王小余過來，我有話要跟他說。」

「是。」湯之鮮忙去傳話。小余一聽便跟著他，一起去上最後的湯品。

兩人來到花廳後，老太太率先開口：「果然名不虛傳，連這普通的豆腐羹都能燒得這麼有滋味。」

老爺喝下一口兩人端來的湯，隨即驚呼說：「哇！鮮美異常，從未嚐過這麼美味的湯。這是什麼湯？」

「只是普通的菇筍雞湯。」小余回答。

「家裡常熬雞湯，鮮筍也有，鮮菇也有，怎麼都沒有你這湯好喝？」老爺又問。

「沒什麼，只是不加鹽。我是秉持我家主子袁枚大人的教誨，」小余詳加說明，「紅燒燉肉味最濃鹹、帶骨甲魚淡一點、蘿蔔絲煨魚翅又半鹽、蜂洞糕少鹽，八寶豆腐微鹹，到最後雞湯無鹽。」

「哈！無鹽的結局。」竹大奶奶調侃的笑著。

「這有什麼好笑？」其中一位少爺不高興的說。

「雪芹呀！不要那麼嚴肅嘛，一家子吃飯時說說笑笑才好。」老太太勸著說。

啊，湯之鮮在心裡叫著，原來眼前坐的就是知名文學鉅作《紅樓夢》的作者曹雪芹。看他一身書卷氣，兩眼卻是堅毅有神，尤其一雙劍眉透出英氣。

另一位少爺讓他更為吃驚，因為他眼皮浮腫，底下一對黑眼圈，一看就知道身體有病，想必就是竹大爺。

竹大爺看看小余，對芹二爺說：「他們家主人的『隨園』……原是我曹家的產業……後來因為出事獲罪，那園子被充公……最後被袁枚花了三百兩白銀買去了。」

聽他說話有氣無力的，果然病得不輕。

「風竹，何必當著外人說這些丟臉的事。」老爺不高興的說。

「我不是有意忤逆您……而是要激勵雪芹用功讀書，考取功名，將來當上大官，復興家業，恢復舊日的榮華富貴……」竹大爺虛弱的對老爺說。

「你說的是。」老爺明白他的用意後，轉而對芹二爺說：「雪芹啊！你要多跟風竹學學，他已經中舉了，你要趕快加油啊！」

「你要多多用功……別再寫那些風花雪月的小說了。」竹大爺認真的對芹二爺說，「你可記得小時候……我們在園子裡玩的情形？」

「當然記得。」芹二爺緬懷的說：「我小時候最愛在裡面玩，在三百畝的園子裡，小倉山上種滿牡丹，萬紫千紅如錦繡屏風，中秋夜裡舉行晚宴，邀集達官貴人一同參加，山坡上插滿千百支蠟燭，有如點點星光，讓人看了目眩神迷。戲臺蓋在水池上，臺上演著《牡丹亭》的〈遊園〉：『原來姹紫嫣紅開遍，似這般都付與斷井頹垣，良辰美景奈何天，便賞心樂事誰家院……』

「這些美景，就等你高中金榜……當上大官，一一把它們復原。」竹大爺慨嘆的說，「你比我聰明百倍，只要你願意用功……功名利祿是垂手可得的，我這身子快不行了……咱們曹家要光宗耀祖，只得靠你了……」

「大哥，你別說了，你也知道我不愛讀書，對當官更沒有興趣。」芹二爺垮下臉說。

「住嘴！」老爺生氣的脹紅臉，「不許你說這些喪志的話。」

「為什麼我不能做自己喜歡的事？」芹二爺也生氣了。

「你這孩子，就只想到自己吃喝玩樂，也不替全家想想。」老爺火氣更大了。

「我……」芹二爺還想爭辯。

「雪芹啊，別再說了。」老太太勸阻他。

「別說了，別惹老爺不高興。」一旁的芹二奶奶也拉他袖子。

「我就是要寫小說……」芹二爺站起來，憤而離席。

老爺看著王小余，不高興的說：「早知道就不找你來，竟惹出這風波。快給我回灶房去！」

小余和湯之鮮一聽匆匆告退。

「天哪！關我什麼事啊？」小余手摀著胸口，一臉無辜的說。

「是啊，真是無妄之災。」湯之鮮也嘆氣。

回到灶房裡，看到牛姥姥正在用餘火炒東西，小狗子拿盤子在旁邊候著。仔細一看，那鍋裡炒著的是切成瓜子形狀的雞腿肉。她還拿出一個大瓷罐，加入一些黑黑的醬料去拌炒，剎時香氣四溢。

「罐子裡裝的是什麼東西？」湯之鮮好奇的問。

「別費力氣了，家家有祖傳祕製的醬料，不會對人公開的。」小余說。

「這道菜叫茄鮝炒雞瓜子，手續非常多，諒你也學不來。」牛姥姥得意的說。

「茄鮝是什麼？」小余也好奇，忍不住問。

「你剛不是說了，這是曹家祖傳祕製的醬料。」牛姥姥先是白他一眼，接著又說：「算了，告訴你也無妨。這茄鮝是把剛摘下來的茄子去皮，只用裡面的茄肉，切成小丁用雞油炸，再將雞胸肉和香菇、嫩筍、蘑菇、五香豆乾、核桃、瓜子、腰果、松子都切丁，用雞湯煨乾，再用香油一收，拌上糟油，裝進瓷罐裡密封。要吃的時候，就像這樣炒雞腿肉，吃起來滋味十足。這是竹大奶奶教我的，不然我們鄉下人哪裡想得出這種奇特的方法。」

「主子們都吃飽了，這是給誰吃的？」湯之鮮好奇的問。

「這是給竹大爺的藥引子，飯後配著藥汁一起吃。」牛姥姥說。

「好了沒有？」忽然背後響起一個男生的聲音。回頭一看，居然是芹二爺，他似乎在後頭看了一會兒。

「就快好了。」牛姥姥殷勤的說，「不勞二爺送去，我們下人送去給竹大爺就好了。」

「不，我要去他房裡給他賠罪，難得大爺拖著虛弱的身子，到花廳跟大家吃飯，我卻把氣氛搞砸了。」芹二爺愧疚的說，然後又問牛姥姥：「藥也煎好了嗎？」

「煎好了。」牛姥姥鏟出茄鰲炒雞瓜子，連同藥汁一起放在托盤上。

芹二爺端起托盤便轉身離開。

「你們把這兒收拾好就可以去睡覺了，明天要更早起來，別貪睡。」牛姥姥說完便捧著大瓷罐，帶著小狗子走了。

湯之鮮和小余先填飽肚子，之後收拾東西，又清洗碗盤，終於完成一天的工作，天色也黑了。

回到屋子休息時，小余忽然撲通一聲對著湯之鮮下跪，嚇了他一跳。

「老爹，真抱歉，我是不得已才對你大小聲，不是我愛罵人，而是一道好菜，火候必須非常精準，並且嚴格要求每一個步驟，否則就會失去該有的味道。加上府內的食材只準備固定的分量，如果做壞了無法重來，因此我才那麼嚴厲。」

湯之鮮早就不介意先前的事，一聽更是明白小余的道理，連忙扶他起來。

「你說的我都明白，一點小事不會放心上的。」

兩人握手對看，尷尬的笑了一陣子。

後來他們到井邊梳洗一番，想到明早還得要早起，便早早去睡覺。

到了半夜時，湯之鮮昏沉中彷彿聽到有男人的哀號聲，赫然把他嚇醒。

「哇！我的腰好痛，嗚……」

他側耳凝聽，不得了，真的是有人在哭，而且哭聲淒厲。

「小余，醒醒……」湯之鮮搖醒小余。

「怎麼了？」小余迷迷茫茫的說。

「有人在哭。」

「老爹，我累癱了，別吵我。」說完，小余轉身又睡下。

「不行。」湯之鮮決定自己前往查探。

他走出屋子，輕功跳上屋頂，辨識哭聲的來源。果然不遠處有燈火，他翻越大宅院的屋簷，朝燈火處飛跳而去。

他施展胡麻腿，兩腳剪刀交叉倒鉤在樹梢，從打開的窗戶看進去。

「嗚……」屋裡點了盞蠟燭，傳出男人哭泣的聲音，床邊站了芹二爺，聽他們談話的內容，床上的人是竹大爺。

「大哥，你再忍耐一下，嫂子已經叫人去請王大夫了。」芹二爺安慰著說。

奇怪？這竹大爺到底生什麼病？都已經吃藥了，為什麼還是病得這麼嚴重？難道那些藥沒有效果嗎？湯之鮮又想，算了，既然人家已經去請大夫了，就學學小余，別多管閒事，回去睡覺吧。

他回頭看見遠處還有個屋子亮燈，一時又好奇，便飛簷走壁過去查探。

從窗縫裡，他看見汪喜紅一人背對著他，坐在屋內的圓桌前。

怪了，她不去陪著竹大爺關心自己丈夫的病情，坐在這兒做什麼？看起來她自己住一個屋子，沒有跟竹大爺同睡一房。

只見她從懷中取出那個五彩錦囊，從錦囊裡拿出一個東西，然後拿起一根針往自己的指頭戳下去，瞬間湧出鮮血，再往那東西抹上去。

那是什麼東西？湯之鮮靠近窗緣，就著燭光仔細看去。

果然不出所料，是顆雞蛋般大小的石頭。

第八章 芹二爺的辛酸淚

「誰在外面？」汪喜紅感應到動靜，回頭一望。

「啊！」湯之鮮心中暗叫。因為她的臉是毛茸茸的動物模樣，脣下還露出尖銳的長牙。

湯之鮮怕被發現，急忙駕起輕功回去睡覺，當作什麼都不知道。

隔天起床，小狗子帶他跟小余去市場買菜，臨行前先去跟竹大奶奶問菜色、拿菜錢。

「昨天老爺吃得高興，我多給你些錢，挑你拿手的好菜做來吃。」她對小余說，「別忘了買兩隻雞，牛姥姥還得做茄鮝炒雞瓜子給大爺吃。」

「好的。鰱魚合老爺的口味嗎？」小余謹慎的問。

「可以。」

「烤鴨呢？」

「也可以，芹二爺很喜歡。」

小余一一記下，便帶著湯之鮮隨小狗子上街去。

那北京城不愧是大清帝國的京都，人山人海，摩肩接踵，吃喝玩樂的什麼都有。有些瓜果菜蔬跟南方的個頭模樣不太一樣，像是茄子尖一點，蒜苗粗很多，看著就有趣，他們摸摸瞧瞧，問問買買，逛得很愜意。

「小余叔叔，湯老爹，我們得快回去做早點了，不然誤了時間要挨罰的。」小狗子一旁提醒說。

「好。」他們聽了便趕緊離開，卻發現小狗子跑去買了一桶凝固的羊血。

「你怎麼買這個？」小余問他，「我的菜單裡沒有啊！」

「竹大奶奶叫我買的，每天都要一桶，什麼血都好，說是給竹大爺補血用的。」小狗子說。

湯之鮮一聽，回想起他昨晚在竹大奶奶房裡看見的畫面，心中便有底了。那天的早點是金陵大肉包。一開鍋，香氣撲鼻，好多下人聞香跑進灶房看，個個流著口水想趁熱先嚐一個，結果都被小余趕出去。「這是給主子們吃的。」

小余識趣的先給牛姥姥一顆包子，牛姥姥咬下一口，馬上眉毛一揚，驚天動地的叫起來：「噢！我的老天呀，好飽滿的蔥花和肉餡，又甜又香，勝過三月的玉蘭花。」

「肉包子怎麼跟玉蘭花比在一起？太過了。」小余笑笑的說。

「哪裡過了？你們南方人愛吃糖，這金陵大肉包吃起來確實又甜又香。」牛姥姥又說。

湯之鮮吃了一口。那內餡鮮嫩多汁，果真充滿了濃濃的肉香和蔥花的甘甜，還帶著微微的辛香，外皮厚實富有嚼勁，再咀嚼幾口，麵香中也帶有另一種滋味。他再次見識到王小余的好手藝。

牛姥姥把五籠包子擺到大盤子上，先偷偷塞給小狗子一顆，再拿去給主子們，有多了才由她分派給下人。

不久，她笑呵呵的跑回來跟小余說：「剛剛芹二爺吃了直掉眼淚呢！」

「為什麼？」湯之鮮問。

「他們二十年前住在江寧，吃的就是這種滋味。」牛姥姥感嘆的說。

這一天的菜色加碼，小余告訴湯之鮮今天的菜單是：南京烤鴨、蘑菇煨雞、鰱魚豆腐、蝦米甜醬炒麵筋。

湯之鮮一切奉命行事，不敢有自己的主張，也不敢有其他心思，完全專心一意的顧著火。

傍晚時菜做好了，他去上菜，飯廳裡少了兩位少爺。

「風竹發病了，在房裡躺著。」老爺問芹二奶奶：「你家雪芹呢？怎麼也沒來吃飯？」

「他正在屋裡寫東西，我剛才叫他來，他說沒胃口，不吃。」芹二奶奶說。

「這小子癩狗扶不上牆，不好好讀書，就只愛刻印章、編竹器、雕刻木頭，盡玩些匠人的手藝，真是玩物喪志。」老爺責備的對芹二奶奶說：「你身為他的妻子應該勸他用功苦讀，像他現在又迷上寫作風花雪月的小說，男子若沒有考取功名，謀取個一官半職，成什麼樣子！」

「是。」芹二奶奶囁嚅的說。

「你，去叫他來吃飯。」老爺指個丫鬟。

「老爺，讓我去勸他吧，爺兒們的心思，我這老爹懂。」湯之鮮自告奮勇。

「也好，我讓丫鬟帶你去。」老爺又對竹大奶奶說，「你叫牛姥姥來上菜。」

竹大奶奶應了聲便往灶房走去，湯之鮮也跟著丫鬟走了。

湯之鮮來到芹二爺的房間，果然見他坐在桌前寫東西。他走過去開心的說：「芹二爺，聽老爺說你寫著一部小說。」

「是的，我正回頭去修前面的文稿。」芹二爺抬頭看著湯之鮮，「這部小說中寫出了幾個富貴家族的興衰史，警醒世人繁華如夢、情愛似幻、福禍相倚的道理。」

「真有意思！不知芹二爺現在寫著什麼內容？」湯之鮮問。

「湯老爹有興趣啊，好啊，我來讀給你聽。」他拿起一張稿紙，讀起來。

薛寶釵坐在炕上溫婉嫻靜的做著針線，寶玉問候她：「病情有沒有好一點？」

寶釵說：「已經好很多了，謝謝你記掛著。」

這時聽見外面人說：「林妹妹來了。」

只見林黛玉搖搖的走了進來，她一看到寶玉在裡頭，便笑著說：「哎喲，我來得不巧了。」

寶玉連忙起身笑著讓坐。寶釵笑著問她：「這話怎麼說呢？」

黛玉笑道：「早知他來，我就不來了。」

寶釵說：「我不懂這意思了。」

黛玉笑著說：「要來一群都來，要不來一個都不來，今兒他來了，明日我再來，如此間錯開了來著，豈不天天有人來了？也不至於太冷落，也不至於太熱鬧了。」

「這一段是寫賈寶玉來到梨香院探望生病的薛寶釵，現在加入不期而遇的林黛玉，可有趣了。」芹二爺笑著說，「我寫了四年，已經寫完四十一回。」

「寫得真好，不知書名叫做什麼？」

「叫做《石頭記》。」

咦？湯之鮮心想，對了，他記得《紅樓夢》初名《石頭記》，後來改了幾次，最後才又定名為《紅樓夢》的。

芹二爺忽然低頭不語。

「我知道二爺心裡苦，鐘鼎山林，人各有志，有志難伸是很痛苦的。」

「真被你說中了我的心事。」芹二爺忽然把背往後一仰，長長的嘆了一口氣：「我對讀書當官沒有興趣，可是老爺和大爺卻一直要我考科舉。」

「生在官宦之家，卻是身不由己。」湯之鮮感嘆的說。

「老爺為了公務不常在家，較少管我，但大爺日日催逼，讓我不能不理會。但我立志要寫出一部長篇鉅作，無論如何，我一定要把這部小說完成。」芹二爺激動的說，接著臉上顯出寬慰的表情。「還好，大奶奶很支持我，常鼓勵我快快把小說寫好。像這回請王小余來掌廚，是我對她提起懷念小時候住在江寧的生活，如果能吃到江寧的食物，一定會激發更多靈感，她就立刻叫人向她江寧的娘家打聽，後來問到袁枚有好廚子，就寫信去邀請。」

「哦？」擁有蚩尤石的汪喜紅為什麼這麼喜愛這本書？湯之鮮不禁納悶。

「唉，你不知道，曹府以前在江寧地位顯赫，後來先帝時因事獲罪。那時我才十三歲，家裡正準備歡慶元宵節，竟闖進一大批軍隊，將我們逐出家門。直到當今皇上登基，重用了我表兄。表兄拉拔我們，才讓曹府恢復官職。雖然如今看似稍微復興起來，誰知道不是另一片過眼雲煙呢？」

「芹二爺也是為了竹大爺的病在擔憂吧？」湯之鮮不忍心看他回憶這些傷心事，便轉移了話題。

「當然擔憂。大爺在半年前受了風寒，從此就湯藥不斷，還越來越嚴重，真是可憐。」

「我看竹大爺下肢浮腫，眼圈發黑，全身倦怠，那是中毒後斷腎的現象。」湯之鮮決定說出自己的發現。

「你說的是真的嗎？」芹二爺驚叫起來，然後低頭尋思。「大夫要大爺吃茄鯗炒雞瓜子當藥引，他每天吃，那是唯一跟大家不一樣的食物。」

「我認為那道菜很有問題，二爺如果不信，不妨拿雙銀筷子去試試竹大爺吃喝的東西，或許能有發現。」

「好。我一定會找機會查證。」芹二爺說。

「對了，二爺先不要透露剛才我對你說的話，以免打草驚蛇。」

「我明白了。」

兩人結束談話後，芹二爺往飯廳去，湯之鮮則回到灶房。

傍晚時分，湯之鮮和小余在灶房裡吃晚飯，芹二爺忽然出現在灶房門口，手上拿著一雙銀筷子，說：「兩位請跟我一起走。」

「什麼事？要去哪裡？」小余不安的問。

「你別擔心，我們跟著芹二爺走。」湯之鮮抓他的手走出灶房。

芹二爺帶著他們走過迴廊，穿過兩進屋子，來到了竹大爺的屋子。

「大哥，今天吃藥了嗎？」芹二爺問。

「吃了。」竹大爺點頭。

「茄鯗炒雞瓜子也吃了嗎？」芹二爺問。

「吃了一些。」竹大爺精神萎靡，連抬頭都像是花費好大力氣。

「飯菜在哪裡？」芹二爺問。

竹大爺顫微微的伸出手，指著窗下的茶几。

芹二爺走過去，拿起銀筷子在剩下的雞瓜子裡翻攪，然後把銀筷子拿到燭火旁觀看。

「啊！果然有毒。」芹二爺大叫。

湯之鮮和小余靠過去看，只見那銀筷子下面三分之一段都呈現烏黑色。

「大哥，你看這菜有毒。」芹二爺生氣的說。

「這是怎麼回事？有人要毒害我嗎？」竹大爺驚恐的說。

「分明就是如此。」芹二爺說。

「是誰？為什麼？」竹大爺又驚又怒的說。

「去請竹大奶奶過來。」芹二爺憤怒的對屋裡的丫鬟說。

丫鬟聽令出去，竹大奶奶很快就來了，身旁跟著牛姥姥。

「怎麼啦？叫人叫得這麼急？」竹大奶奶慌張的問。

「嫂子，你看。」芹二爺遞出半黑半銀的筷子。

「天哪！這是什麼？有人在飯菜裡下毒？是誰吃了熊心豹子膽？大爺你吃了

嗎？」竹大奶奶一瞧驚狂的說。

「大哥已經中毒很久了。」芹二爺生氣的說。

竹大奶奶豎起眉毛，轉身質問牛姥姥：「好啊！你這個畜牲，這雞瓜子都是你炒的。說，為什麼給大爺下毒？」

「不，大奶奶，不甘我的事啊！」牛姥姥驚慌的搖手。

「說，是誰指使你下毒的？」芹二爺對牛姥姥咆哮。

「大爺，二爺，跟我無關，我不知道，我完全不知道。」牛姥姥嚇得跪到地上，全身顫抖。

「來呀！你們兩個把牛姥姥綁起來，抓去見官。」竹大奶奶對湯之鮮和小余下令。

兩人面面相覷，沒有動作。

「去叫吳總管拿麻繩過來。」竹大奶奶只好喝令丫鬟。

「是，夫人。」丫鬟說完走出去。

「大奶奶，這不是我的主意，是你叫我這樣做的呀！」牛姥姥一邊退縮，一邊慌張的大叫。

「哎喲！」竹大奶奶罵道：「別人養的貓會抓耗子，我養的貓不只反抓雞，還咬主人的脖子呢！你謀害主子的性命，天理難容啊！」

「竹大奶奶，明明是你叫我炒雞瓜子的時候，撒些大補粉，我只是照做而已呀！」

「什麼大補粉？」芹二爺問。

「我不知道，是竹大奶奶拿給我的。」牛姥姥一張老臉哭得涕淚縱橫，急忙澄清。「我沒有下毒。」

「胡說！我根本沒有拿什麼大補粉給你。」竹大奶奶急急的罵牛姥姥，「你下了毒竟敢賴給我，太惡毒了。舉頭三尺有神明，你也不怕天打雷劈。」

「牛姥姥，你犯了天理不容的事，還要抵賴。」芹二爺生氣的說。

「二爺，我沒有，我真的沒有，都是大奶奶叫我做的，嗚……」牛姥姥猛搖頭，哭得肝腸寸斷。

「啊！我看不下去了。」湯之鮮實在忍無可忍，一個箭步上前，就朝竹大奶奶施以油爆拳。

啪啪！

竹大奶奶痛苦大叫：「你幹什麼？」

湯之鮮不回應，繼續施拳。啪啪啪！

「吼——」竹大奶奶終於現出原形，變成一隻寬額吊睛的大黃虎！

「天哪！」牛姥姥和芹二爺都驚駭大叫。

虎魔張開尖牙撲過來，湯之鮮施出全脈神功第一式，打中虎魔的咽喉，立刻讓他胃部痙攣，嘔吐起來。

小余也從口袋掏出一個東西，同時往虎魔的方向唸唸有詞。

虎魔看向兩人，自知不敵，趕緊調頭跳過矮籬笆逃走。

第九章 穿越靈幻界

湯之鮮緊追過去，見虎魔跳進一間屋子，跟進去才發覺是芹二爺的房間。但裡面空無一人，一扇窗子開著，微風進來，吹得窗簾掀動流蘇搖曳，書案上一疊稿紙簌簌有聲。

芹二爺和小余也追進來。「他從窗子跳出去了嗎？」小余說。

「似乎是。」湯之鮮說著，卻是半信半疑。

「平白讓他逃了。」小余遺憾的說。

「你剛才拿什麼東西對付虎魔？」湯之鮮說。

「這是八卦鏡。」小余展示手上那一面巴掌大的鏡子，得意的說。「這是我師父傳給我的法器，能趨魔避邪，我都隨身攜帶。」

「你是道士嗎？」湯之鮮好奇的問。

「不是，我的師父曾經是道觀裡的廚師，他在那兒學會很多符籙和法術，連同廚藝全都傳授給我。」小余點頭說，「自我第一眼看到汪喜紅，就覺得她怪怪的，沒想到她竟然是一隻老虎。」

湯之鮮想起錦囊上的封印，恍然點頭。

「我的嫂子怎麼會是虎魔呢？這到底是怎麼回事？」芹二爺無法置信的問。

「等等！」小余望著桌上的文稿，訝異的說：「這裡頭怎麼有東西在動？」大家仔細看去，發現寫滿文字的文稿中，竟然有個「虎」字四處流竄，一會兒出現在這一行，一會兒出現在另一處。忽然那個「虎」字消失不見，芹二爺掀開第一層稿紙，赫然看見它又出現在第二張紙上。

「這是怎麼回事？」芹二爺驚駭莫名。

「這兒似乎有個『靈幻界』？」小余指著文稿，謹慎的說。

「什麼東西？」湯之鮮問。

「你說的是什麼？我從沒聽過。」芹二爺問。

「我們處在人界，人界之外還有許多世界，統稱為『靈幻界』，界與界之間有界牆相隔，彼此井水不犯河水，因此人們多不知道它們的存在。」小余困惑的說：「不知為何，這一疊文稿產生了一個『靈幻界』，而現在虎魔穿過界牆，跑進去躲起來了。芹二爺，這文稿上寫的是什麼？」

「這是我正在創作中的一部小說，叫做《石頭記》。」芹二爺的表情既困惑又痛苦，「嫂子平日對我那麼好，家中就只有她支持我寫這本小說，還常常借錦囊給我，幫助我寫作。她怎麼會是虎魔呢？」

「哦？幫助你寫作？」湯之鮮問。

「這是怎麼回事？」小余問。

「我從四年前開始寫這部小說，直到半年前，我雖然已經努力的寫了二十幾回，但是對於書名、開宗明義的第一回和整個小說的主軸都不甚滿意，想了很久都沒有靈感。有一天我在灶房附近撿到一個五彩的錦囊，我的腦中瞬間出現電光火石和奇特的景象。」芹二爺回憶說。

「什麼景象？」湯之鮮好奇問。

「那是水神與火神交戰後，『天』破了一個大洞，造成洪水氾濫，人民死傷無數。接著，一個女神不忍心看人們受苦，便耗費大量的靈力煉出五色石，趁熱飛上西天去補洞，最後剩下一塊石頭沒有用上。」

「這是女媧補天的傳說。」湯之鮮驚喜的說。

「沒錯！這個景象給了我靈感，我就把『女媧補天』補到第一回去。」芹二爺說，「後來嫂子看見我拿著錦囊，便說東西是她的，趕緊要了回去。」

「你說她對你很好，是怎麼好法？」小余又問。

「由於那錦囊能給我靈感，我常常請求她借我。嫂子也不是一個小氣的人，還鼓勵我早日把作品完成。從那之後，我的寫作變得非常順利。」芹二爺說。

「她乾脆把那錦囊送你不是更好？」湯之鮮說。

「我也跟她提過，想用東西跟她交換，她都不肯，直說那是她最心愛的寶貝，我也就不好勉強了。她確實很珍愛那錦囊，片刻不離手，即使借給我，也是很快就收回懷裡去。」芹二爺說。

「她為什麼要這樣幫你呢？」小余問。

「我想是因為她很喜歡這部小說吧！只要我完成新稿，她都會搶著閱讀！」芹二爺說。

「是這樣嗎？」小余狐疑的說，「我覺得不是這麼單純……」

「芹二爺，那虎魔假冒成竹大奶奶，養著一顆名為『蚩尤石』的靈石，平日就收在錦囊裡面。那石頭正是當年女媧補天所剩下的靈石，是一顆誘惑人心的魔石。」湯之鮮說，「昨天晚上我在她屋外偷看到，她正在手指上扎針，擠出血來抹石頭，臉上變成猛獸還露出尖牙。」

「啊！竟然有這種事！」芹二爺驚訝的說，「這麼說來，大哥的病也是她下毒害的？」

「沒錯。看牛姥姥的神情，並不像說謊。」湯之鮮說，「應該是竹大奶奶命令她去下毒的，牛姥姥並不知道那是毒粉。」

「依我推測，那錦囊裡的蚩尤石是想透過二爺的文筆，造出了一個『靈幻界』。這『靈幻界』如果是蚩尤石所造出來的，虎魔拿著它，自然能自由進出，無所限制。」小余說。

「你們說的那個蚩尤石，為什麼要這樣做呢？」芹二爺不解的問。

「這恐怕得問虎魔才知道了。」小余說。

「現在該如何是好？」芹二爺擔憂的說。

「不難，只要把這些文稿燒了，虎魔自然就會燒死在裡頭，蚩尤石也會從此消失。」小余輕鬆的說。

湯之鮮一聽，點點頭。

「不行！」芹二爺慌張的伸出雙臂，護住那些文稿，雙眼圓睜的說。「《石頭記》是我花了四年，嘔心瀝血才寫出來的，一個字都不能燒。」

「虎魔知道芹二爺的弱點，這才有恃無恐的躲在裡面吧？」湯之鮮推測。

三人為難著，不知如何是好。

「這樣的話……」小余思索良久，終於開口。「還有一個辦法。只是……」

「什麼辦法？快說。」湯之鮮和芹二爺異口同聲的說。

「我師父教過我一種高深的符籙之術，它能打開界牆之門，讓人進到『靈幻界』，就有機會把虎魔抓出來。」小余說。

「我去。」湯之鮮義不容辭的說。

「我也去。」芹二爺說。

「不行，芹二爺不會武功，萬萬不要冒險。」湯之鮮勸阻，「你留在這兒，顧著這些文稿，別讓人破壞了。」

芹二爺一聽，只得打消念頭。

「不過這種法術有個限制，人在『靈幻界』只能待一晝夜，時間一到，若是沒有回來就會魂飛魄散。」小余說。

「那也不難，我在那之前趕緊回來就好了。」湯之鮮輕鬆的說。

「不，越界之人必定是有個目的才能進到『靈幻界』，如果在裡頭沒有達成目的，界牆之門是不會打開的。」小余說。

「我懂了，必得在一晝夜之間抓到虎魔，否則就是死路一條。對不對？」湯之鮮問。

「沒錯。只要在一晝夜間抓到虎魔，界牆之門會自動開啟，人便會回到這兒。」小余說。

「湯老爹，你年紀大了，別去了。」芹二爺勸說。

「不行，我雖然上了年紀，但是行俠仗義的心還是有的，我要幫竹大爺討回公道。如果任由虎魔猖獗，不知還有多少人會受害。」湯之鮮說。

「你提醒了我一件事，虎魔在『靈幻界』內一樣是會傷人的。」小余說。

「啊！不行，我小說裡的角色個個都很重要，千萬不能受到傷害！」芹二爺焦急的說。

小余趕緊磨墨，然後拿毛筆蘸墨在一張白紙上畫起符籙。

「天靈靈，地幻幻，五營天，領天兵……越界符籙，得令！」寫好之後，他讓湯之鮮面對文稿，叫芹二爺拿出隨身的火鐮盒子打出火花，將符紙燒出白煙。「老爹，快往白煙吹氣。」

湯之鮮急忙吹出一口氣，眼前即刻出現一個金色光圈，他愣了愣，便往圈裡跳進去。

第十章
誰是假姑娘

啊！這是？

他看見牛姥姥帶著她的孫子小狗子從牛車上搬下許多瓜果蔬菜，然後進到屋裡去，跟幾個女人坐著聊天。

奇怪，他們兩個什麼時候先進了「靈幻界」？

湯之鮮好奇的到窗戶外邊偷看著。

只見一個丫鬟從門口進屋來，裡面的人都站起來，牛姥姥忙鞠躬說：「平兒姑娘好，我很早就想來給大家請安，但田裡的事太忙了走不開。好不容易今年米糧、瓜果、菜蔬都豐盛，趕緊挑些最漂亮的拿來孝敬姑奶奶、姑娘們。姑娘們天天山珍海味的也吃膩了，吃個野菜兒，不成敬意啊。」

「我剛從大觀園過來。想必劉姥姥已經見過我們璉二奶奶了？」平兒說著，摸摸小狗子的頭說：「才多久沒見，板兒又長大許多。」

啊！「劉」姥姥？「板兒」？湯之鮮一頭霧水。不過他很快就明白了，一定是芹二爺照著牛姥姥的形象來寫劉姥姥，拿小狗子寫板兒，才讓他們長得一模一樣。

還好，當年為了研究《紅樓夢》裡的飲食文化，湯之鮮扎扎實實的把這套鉅作讀了三遍，雖然裡面寫了幾百個人物，但是主要的角色誰是誰，誰又是誰的誰，他都還記得。平兒口中的璉二奶奶就是賈府當家的鳳辣子王熙鳳，而平兒則是她的貼身丫鬟。

湯之鮮回想書中內容，劉姥姥帶板兒送自家種的瓜果蔬菜來賈府，那是寫在第三十九回中，原來自己進入了那個情節。

「湯婆子！湯婆子！到處找不著你，原來在這裡偷懶，快回去掃地，在這兒看什麼？」湯之鮮聽到有人在他身邊叫喚，轉頭一看，是一個凶巴巴的老婆子對他叫著。

「我？我不是婆子……」他想反駁，但低頭一看，怎麼手上拿著竹掃把，身上穿了女人的衣裙。他驚訝的摸摸頭，竟然頭髮濃密，還在後腦勺打了一個拳頭大小的髻。

「快來掃地，別發呆呀！」那個婆子把他拉到大樹下掃落葉。「不要說我費婆子欺負你新來的，我們分配到的院落那麼大，手腳不俐落點，又要挨主子罵了。」

湯之鮮只能聽話照做，費婆子吩咐完後便跑進廊裡乘涼，一邊和另一個婆子聊天，一邊指揮他：「這邊……還有那邊……」

湯之鮮把院子掃乾淨後，看看天色，晚霞斑斕，太陽快下山了。這時有人來叫：「費婆子，夏婆子，快去老太太那兒幫忙伺候，劉姥姥已經過去了。」

老太太想必就是賈府的大家長賈母了。湯之鮮心想，不知她長得什麼樣。

「啐！這一對土包子祖孫竟也能入老太太的眼，上回來拿了二十兩，食髓知味，今天又想來揩油，誰希罕那些瓜果蔬菜，根本不值幾個錢。」夏婆子說。

「璉二奶奶看天晚怕她出不了城門，留她過夜，老太太還把她叫去一起吃晚飯。她只是賈家的遠房親戚，卻真是好命啊。」費婆子酸酸的挖苦著，又朝湯之鮮說：「湯婆子，快跟我走。」

湯之鮮跟著她繞過走廊，穿過三個院子，進到屋內偏房。聽見大廳裡傳來劉姥姥的聲音：「給老壽星請安。」

「端過椅子來，坐著……老親家，你今年多大年紀了？」是賈母在問話。

「我今年七十五了。」劉姥姥回答。

費婆子端起桌上的托盤給湯之鮮，裡面擺了五條溼毛巾：「八月天，秋老虎，看主子們誰要擦汗，趕緊端過去伺候。眼睛放亮一點，聽到沒有？」

「是。」湯之鮮忍氣吞聲的回著，他想起此行的目的，謹慎的走到柱子邊暗中觀察。

哇，這屋裡有十多位女眷在談天說笑，湯之鮮忙轉頭去對費婆子耳語：「不知這些夫人、姑娘們是誰？」

「你聽好了，千萬不要搞錯。」費婆子壓低聲音，指指點點的介紹。

湯之鮮沒想到看了《紅樓夢》那麼多遍，這些書中的人物竟有一天活生生出現在眼前。

賈寶玉是賈母的寶貝孫子，長得俊俏，笑起來樂天開懷。他的姑表妹林黛玉身子瘦弱，一雙眼睛水汪汪的，微笑中帶著點傷感。姨表姊薛寶釵豐潤一點，大方的跟大家說笑，頗有大家風範。而那賈母慈祥和藹，長得跟曹雪芹的祖母一個模樣。一屋子總共有十幾個人，湯之鮮心想，說不定，虎魔就藏在這裡面？

「啊！」他看見汪喜紅站到賈母面前說笑，心頭一凝，恨不得立刻拋下毛巾，上前抓住她。

「那就是璉二奶奶，寶玉的另一個堂嫂，賈府裡真正當家的。」費婆子一邊使眼色，一邊告訴他。

原來那是王熙鳳，湯之鮮心想，必定是芹二爺照著汪喜紅的樣貌寫出來的。不知道虎魔到了書中，會不會也假扮成王熙鳳的模樣？他得仔細分辨，不能莽撞。萬一抓錯了人，可就毀了一部曠世鉅作。

王熙鳳叫婆子們去灶房端飯菜過來，湯之鮮便跟著一同前去。

曹府的灶房裡面有兩座四口灶，可以同時燒八口火，要是疊上了蒸籠，可以蒸煮幾十道菜。裡頭的廚子人數眾多，男女老少都有，少說十五人，燒柴的燒柴，切肉的切肉，炒菜的炒菜，大夥兒各司其職，活像個食品工廠。

一個廚子跑過來輕聲叫他：「湯老爹。」

「啊！小余，你怎麼也來了？」湯之鮮驚訝的說。

「我是一定要來的，就算沒有你，我也會來抓虎魔。」

「為什麼你當廚子，我卻成了一個老婆子？」湯之鮮不高興的說。

「我在你之後進入光圈，朝不同方向走。」小余說明後又驚訝的說：「這文稿裡竟然有這麼個大戶人家，真意想不到。」

「湯婆子，動作快點！」夏婆子說。

「我回頭得空再來找你。」湯之鮮被人催促，只好先離開。

湯之鮮回去後把飯菜擺好，又到偏房去等候端茶，待賈母他們吃完飯，湯之鮮跟著丫鬟們端茶出去。劉姥姥洗完澡換了衣服，又回到賈母身旁說些鄉野故事。

湯之鮮手上換了扇子，幫身旁的賈寶玉搧風。看他胸前戴著金鎖環鑲嵌的「通靈寶玉」，色澤溫潤，暗暗含光，真是漂亮。

劉姥姥正說著去年冬天有個小姑娘偷她家柴草的事情，忽然外面傳來吵嚷聲。

「怎麼了？」賈母驚訝的問。

「院子南邊的馬棚走水[1]了，已經吩咐人下去救了。」下人稟報。

賈母忙起身，被人攙扶著走出屋外看，湯之鮮也好奇跟上去，只見東南角上火光猶亮。

「阿彌陀佛，快叫人去火神跟前燒香。好端端的，怎麼會突然走水呢？」賈母憂慮的說。

湯之鮮一聽也覺得詭異，於是他悄悄往後退下，轉彎到屋子後側，跳上屋頂，往馬廄去察看。

1 指火災，古代為避諱火神，不直接提「火」字。

第十一章　搜索大觀園

湯之鮮來到馬廄邊，見那屋子雖已滅了火卻還在冒煙，幾個僕人手提木桶，在那兒議論紛紛。

「怪了，明明是火災，為什麼那匹死掉的馬身上不是燒燙傷，而是脖子上有像是被猛獸咬過的傷口？」

「何止咬過？你看那死馬皮膚皺巴巴的，像是給榨乾了。而且起火時天還沒黑，點什麼油燈？該不是遇上什麼鬼祟吧？」

「千萬別說出去，剛才管家來叫大家閉嘴，免得驚動主子們。萬一叫我們編班來巡邏，不是又多了差事不得閒？快快幫忙把馬屍埋了吧！」

湯之鮮聽了，心中推測，一定是虎魔咬死馬，故意放火毀屍滅跡。他看看四周，沒有發現什麼線索，天又黑了，便回到賈母那兒。

「你到哪裡偷懶去了？」費婆子生氣的罵他，「一堆杯盤雜物要收拾，你卻跑得不見人影。你給我說清楚，不然我叫人賞你鞭子。」

「是璉二奶奶叫我去馬廄那兒看看，然後回報給她。不信你去問她。」湯之鮮故意這麼說，他知道費婆子不敢向王熙鳳追究。

「噢。」費婆子果然不再問了，只說：「趕快，都拿到灶房邊的水井去洗。」

湯之鮮跟著幾個婆子、丫鬟去洗碗盤，洗好後他乘機跑去找小余，跟他說馬廄的事。

「我也聽說了。」小余說。

「我想去夜巡。」

「我跟你去。」

「你住哪裡？晚上我來找你。」

「灶房旁邊就是廚子的睡屋。」小余說。

「湯婆子！」湯之鮮聽見費婆子在喊他，只得先回去前廳侍候。

夜半時分，他偷偷起床，來到灶房旁找到小余。

「走！」

就著微弱的月光，兩人穿過重重院落，找到最高的樓房，攀爬上屋頂，從上頭往下眺望。

他們似乎身處大觀園裡面，因為周圍都是樹木水池圍繞，只有數間院落錯落其間，但是夜太黑，哪棟建築是什麼處所，實在無法辨識。

「你看左邊，屋瓦相連，右邊也是。」小余驚嘆的說。

「我在進入靈幻界前，曾讀過芹二爺寫的這部作品。我們腳下就是這裡最高的建築大觀樓，左邊是榮國府，右邊是寧國府。兩府是同一家子，家大業大，加上連在兩府中間的大觀園，占地廣闊，真不知從何查起？」湯之鮮也嘆道。

「大觀園裡也住人嗎？」

「是的。據我所知，林黛玉住在瀟湘館，賈寶玉住在怡紅院，薛寶釵住在蘅蕪院。」湯之鮮解釋，「賈寶玉的大姊賈元春當上妃子，皇帝特許她回娘家省親，賈家因此蓋了大觀園來接待她。事後就給寶玉他們進來住了。」

「原來如此。」

這時假山裡突然有一個影子閃過。

「啊！你看，那裡有隻貓。」湯之鮮驚訝的說。

「不，那不是貓，是老虎。」小余說，「快追！」

湯之鮮原本想施展輕功往前追，但小余不會輕功，只好扶著他從屋頂慢慢爬下來。兩人只看到老虎變成了女人的樣貌，身上穿著華美的衣服，轉眼卻不見蹤影。他們上前搜查，一無所獲。

「哎呀！讓他逃了！」小余扼腕的說。

「園子裡一片漆黑，如果虎魔變成人形，一時也難查出結果。不如我們先回去休息，明早再來打算。」湯之鮮說。

「也好。」小余說。

「我想，從明天開始我自己調查。」湯之鮮說。

「真抱歉，拖累老爹了。」

「如果虎魔藏在園子裡，我用老婆子的身分也比較好進出。」

小余從身上掏出八卦鏡。「老爹請帶著，保平安。」

「不，我有功夫護身，倒是你要照顧好自己，一有機會我就跟你聯繫。」湯之鮮婉拒，「但小心不要錯抓了人，免得壞了芹二爺的心血結晶。」

「我知道。」小余點頭，之後兩人各自回屋歇息。

隔天一大早，費婆子把湯之鮮叫醒。

「你快起來，今天老太太要在大觀園擺宴，還要帶劉姥姥進去逛逛。這一路吃穿用度，又要忙死我們這些下人了。你先到灶房去，把那些點心食器都洗乾淨。」

「好。」湯之鮮正想去灶房找小余。

小余見他來了，迎上前招呼。灶房裡的人知道湯婆子前來準備擺宴的東西，便吩咐他去旁邊拿瓷盤食器。

他捧了一疊洗好的瓷盤，廚子分別在裡面擺上鴿子蛋、豆腐皮包子、燕窩粥。另外有人捧來洗好的描漆木盒，放進了藕粉桂糖糕、松穰鵝油卷、螃蟹餡小餃子、油炸小麵點。小余則在雕漆食盒中放入茄鯗、糟鵝掌……

「老爹，嚐嚐茄鯗。府裡的廚子拿出一大罐，我剛才偷挖了一些。」小余偷偷遞上一小匙。

湯之鮮吃了點點頭。「嗯！有點陳年的糟香，原來是這麼個說不出的香味兒，看那牛姥姥驕傲的樣子，果然有道理。」

「我在這些食物裡頭施放了『破妖符』，虎魔要是吃到就會現出原形。」小余悄悄的說。

「太好了。」湯之鮮開心的說。

他想再吃其他菜，卻被跑進來的夏婆子拉出去說：「你怎麼還在這裡磨蹭。老太太就要進園子了，人手不夠，快來幫忙拿東西。」

他跟著夏婆子回去，見桌上備有陽傘、扇子、水壺、杯子、軟墊，分別由不同的婆子和丫鬟負責伺候。他領到水壺和杯子，隨大家一同來到大觀園門口，這時王熙鳳的聲音從裡面傳出來，她笑著說：「讓我打扮你老人家。」

「哈哈哈！」眾人的笑鬧聲也跟著傳來。

湯之鮮進去一看，劉姥姥頭上被人插滿了各色菊花，一旁賈母等十幾人笑得合不攏嘴。

「我這頭也不知修了什麼福，今兒這樣體面起來！我雖老了，年輕時也風流，愛個花兒粉兒的，今兒索性做個老風流！」劉姥姥笑著說。

湯之鮮仔細觀察每個人，卻見人人笑開懷，自然而不做作，實在看不出異樣。

氣氛歡樂洋溢，眾人就這麼邊走邊聊，說說笑笑的往前走去。

進了一道庭門，只見兩邊翠竹夾路，地上青苔滿布，中間羊腸一條石子砌的甬道。劉姥姥讓出路來給大家走，自己走泥土地，卻一個不小心咕咚一聲跌在地上。

「哎喲！」劉姥姥叫了一聲，大家都拍手哈哈大笑。

湯之鮮沒跟著大夥兒笑，而是嚇了一跳。心想會不會是虎魔搞鬼？再聽她說是自己踩著青苔滑倒，這才解除疑慮。

王熙鳳看見費婆子帶著幾個人捧著食盒走過來，便把他們和湯之鮮帶進秋爽齋去布置早點。

不久賈母領著一群人進來，湯之鮮退到窗邊去小心觀察。

夫人姑娘們坐在屋內擦汗休息，準備吃早點。湯之鮮心想，如果是虎魔，應該不像人這般嬌貴而流汗吧？可是每個人都在擦汗，連賈寶玉都不例外。

對了！湯之鮮想到，虎魔在進入靈幻界之前不是挨了他的油爆拳嗎？就算化成人形，下巴和脖子應該還看得到紅腫，說不定可以從這點查出虎魔。

他正要細看，忽然有人從後面拉他衣服，回頭一看是小余。

「你怎麼在這兒？」湯之鮮驚訝的輕聲問。

「我跑來看誰吃了早點後現出原形。」他輕聲的認真說。

「好，仔細看著。」

湯之鮮再回頭，卻見人人都拿手帕擦汗，遮掩了臉面，一時又難以看出誰身上有挨過油爆拳的痕跡。

但他注意到薛寶釵露出一對尖銳的虎牙，於是轉向小余，指著寶釵輕聲說：「你看那姑娘的牙齒，像不像是老虎的尖牙？」

「不對，那應該只是微凸的犬齒，不是虎牙。」小余仔細分辨後說。

開始用餐時，劉姥姥忽然站起來，高聲說道：「老劉，老劉，食量大如牛；吃個老母豬，不抬頭！」說完鼓著腮幫子，兩眼直視，不發一語。

大家先是愣住了，後來一想，有人捧腹，有人噴飯，哈哈大笑起來。

「唔，嗯嗯……吼吼……」這時，有個姑娘低頭發出怪聲，眾人都停止說笑，傻愣愣的望著她。

第十二章 虎魔的反擊

安養院內已經是中午了，陳淑美等不到湯之鮮回來，心裡十分焦急。

「奇怪，志達說他每回穿越回來，都跟出發的時間差不多，為什麼湯老前輩去了好幾個小時還沒回來，會不會出了意外？」

原來是王小余開啟「靈幻界」的牆門，使得時空的運作發生了改變，那邊的時間變得跟現代同步運轉著。

下午六點多，志達來安養院，陳淑美對他說：「我昨晚猜想著第三道神菜，突然間嘴裡好辣，腦海中浮現了『口』和『足』兩個字，中間還有一個雙箭頭。我請護士幫我寫下來了，你看。」

口↔足

「這跟第三道神菜有什麼關係？」志達納悶的說。

「我不知道！但很有可能是軒轅石給的訊號。」陳淑美說。「我一看見這兩個字，想到的是『口足畫家』，他們雖然失去雙手，可是努力用嘴巴或腳去使用畫筆，賣畫來養活自己，非常令人敬佩。」

「那跟神菜有什麼關連？」

「這就是我不明白的地方了。」陳淑美搖頭。

「應該不是這樣。」志達搖頭。

「唉！我想了一整天也想不出其他的答案，這個謎題太難了。」

「媽，你別煩惱，我來想想看。」志達一想，「對了，我可以去找方羽萱一起解謎，她是我的智多星。」

「好啊！」陳淑美興奮的說，「羽萱那孩子聰明伶俐，有她幫忙說不定真的可以解開謎題。」

於是志達便帶著那張紙，興致勃勃的離開了。

✲✲✲

秋爽齋內，眾人聚焦一看，那怪聲吼叫竟然是林黛玉發出來的。

只見她臉上頭上都長出了黃毛，一對耳朵升到頭上，尖尖的竄上天，鼻子變黑變寬，臉上額上都冒出黑白黃條紋，唇顎裂開，伸出尖銳的虎牙。

「啊！妖怪——」眾人尖叫，紛紛離她遠遠的。

湯之鮮看到虎魔現出原形，埋怨自己早該猜到，林黛玉的身子一向瘦弱，虎魔當然會挑軟柿子吃。

趁虎魔還沒變化完全，湯之鮮先下手為強，一個烏龍茶掌便往他的胸口打去。小余在一旁見狀，也急忙從口袋裡掏出一把銅錢，施法術將銅錢化成一把金錢劍。

虎魔警覺往旁一閃，正巧小余握好金錢劍，順勢往前一刺，可惜沒有刺中。

「吼——」虎魔飛跳過去人群中，隨手抓了薛寶釵。「你們都退下，否則我就咬死她。」

「救命……」薛寶釵害怕的求救。

「不要！不要！」賈母嚇得臉色發白。

「快快放了寶釵，不要隨便傷人。」王熙鳳鼓起勇氣大叫。

「你這妖怪，快放手啊！這麼好的姑娘……」劉姥姥驚慌的說。

「快退後！誰敢上前，我就咬死她。」虎魔抓著寶釵，凶狠的與眾人對峙。

眾人無計可施，只好後退，眼睜睜看著虎魔帶著寶釵往大門移動。

這時湯之鮮快手拿起一個琺瑯杯，往虎魔砸去，杯子打中虎魔的頭，湯之鮮乘機一個箭步過去救回薛寶釵。

虎魔見狀，快步逃出門外。眾人暫時都鬆了口氣。

「這是怎麼回事？家裡怎麼會出現妖怪呢？」賈母驚駭的問。

「昨天傍晚馬廄失火，就是虎魔闖入，咬死馬匹所引起的。」湯之鮮解釋。

「我們昨天夜裡在大觀園內巡查，看見虎魔從假山跑出來，變成一個姑娘。」小余也說明。

「你們一個是剛來的老婆子，一個是新來的廚子，怎麼知道這些？」王熙鳳疑惑的問。

「實不相瞞，其實我們是看到虎魔闖進賈府，特地進來追捕他的。」小余說。

「昨晚我們追捕虎魔變成的姑娘，遍尋不到他的蹤影。當時不知道他假扮成誰，現在顯然知道是林姑娘了。」湯之鮮說。

「啊！林妹妹，她會不會被虎魔吃掉了……」賈寶玉擔憂的哭起來。

「這就難說了。得要派人到假山那兒找找看才能確定。」湯之鮮說。

王熙鳳喚來家丁，叫他們站在門外保護大家，然後又對大家說：「大家待在秋爽齋不要出去。我吩咐幾個有身手的家丁去假山找林妹妹。」

「我也要去。」賈寶玉激動的說。

「不行，寶玉，外頭危險，不准去。」賈母憂心的制止他。

「我一定要去，她如果死了，我也活不下去了。」賈寶玉哭鬧著說。

「不准你說這種話。」賈母不高興的說。

「老太太別擔心，我們跟著一起去，會保護他的安全。」湯之鮮說。

賈母還是不放心，但賈寶玉沒等她點頭便逕自出了秋爽齋。

小余和湯之鮮來到戶外，賈寶玉轉身問他們：「大觀園裡的假山有兩處，一處在東邊，一處在北側，你們看到的是哪一處？」

「我來瞧瞧。」湯之鮮輕功跳上秋爽齋的屋頂，比對大觀樓的相對位置，然後跳下來說：「是大觀樓對面的假山。」

「那麼就是東邊。」賈寶玉急忙帶著家丁出發，湯之鮮和小余緊隨在旁。

來到東邊的假山，他們把每一條小徑，每一塊大石，每一處山洞都搜尋一遍，終於在最隱密的小山洞內找到了林黛玉。她臉色慘白，被人綁住手腳，躺在地上昏迷不醒。

「林妹妹快醒醒，林妹妹快醒醒，嗚……」賈寶玉聲聲呼喚，傷心的哭泣。「你不能死，我們兩個最有話聊了。我送給你的手帕你都收藏好，還在上面題了詩，你答應打給我的絡子還沒做呢！你千萬不能死，快醒醒啊……」

湯之鮮上前探了探林黛玉的鼻息，然後說：「林姑娘並沒有生命危險，只是身子虛弱，失去了意識。」

「大俠，快救救她。」賈寶玉懇求說。

「很抱歉，我身上還有多年前的舊傷，沒辦法為人運功。」湯之鮮嘆口氣說。

「那該怎麼辦？」賈寶玉好憂慮。

「還是請大夫來看，用湯藥針灸比較妥當。」湯之鮮說。

「那就快把她抱回屋子吧。」小余說。

「寶二爺，讓我們把黛玉姑娘抱回秋爽齋吧！」家丁們說。

「不，不准碰她，我自己抱。」他奮力的抱起林黛玉，快步走回秋爽齋。

湯之鮮和小余護送他們回到屋內。

「黛玉醒醒！」

「林妹妹醒來！」

「黛玉快醒來！」

眾人聲聲呼喚，又用冷毛巾為她擦臉，林黛玉依然躺在床上不省人事。

「我們下田時，大熱天裡常有人中暑昏迷，用力壓鼻子下面就能救醒。」劉姥姥提議說。

「你快試試。」王熙鳳說。

「那是人中穴，姑娘體質太虛弱，怕是禁不起……」湯之鮮覺得不妥想阻止，但來不及了，劉姥姥用大拇指往黛玉的人中壓下去。

「啊……」林黛玉痛叫一聲，微微張開眼皮。

「醒了、醒了！太好了！」眾人露出笑靨。

「太好了，林妹妹醒了，太好了。」賈寶玉喜極而泣，握著林黛玉的手，心疼不已。

「黛玉，你記得是怎麼回事嗎？」王熙鳳問她。

「我……昨天半夜有人闖進我的屋子，我驚恐的叫了一聲，然後就不知道了。」林黛玉一邊說一邊啜泣著，似乎還陷在當時的恐懼當中。

「你被虎魔綁走了，他把你藏進假山，假扮成你的模樣，跟我們相處了老半天呢！」賈寶玉又生氣又害怕的說著。

「啊？」林黛玉聽了一愣，渾身發抖。

「小余，人既然救回來了，我們快去抓虎魔。」湯之鮮說。

「對。」小余警醒起來。

他們剛步出秋爽齋，忽然天色一暗，抬頭看去，一片白雲掠過遮住了太陽。

「距離傍晚剩沒多少時間了。」湯之鮮說。

「再不趕快揪出虎魔，我們就要死在這大觀園內了。」小余憂心的說，「可是要到哪兒找呢？」

兩人越說越心慌。

「俗話說『縱虎歸山』，依照老虎的習性，虎魔應該會想躲進山裡。」湯之鮮思索了一會兒說。

「你是指假山？」小余問。

「沒錯。我們剛才找過了東邊的假山，但還沒查過北側的假山。」

小余點頭同意，兩人便到北側假山搜索。可是找遍各處仍然一無所獲。

「呀！」小余靈光一閃，振奮的說，「道家傳說古有四靈獸鎮守四方，玄武鎮守北方，青龍鎮守東方，朱雀守南方，白虎守西方。按照這方位來看，虎魔或許會躲在西邊。」

小余把手往西一指，一棟兩層建築近在眼前，正是大觀樓。

「快過去看看！」湯之鮮說，兩人便快步跑去。

一進到屋內，正廳牆上掛著一幅大大的五福朝壽圖，裡面擺設太師椅、茶几，四面開窗，通透寬敞，沒有看見虎魔。

他們沿著一旁的階梯，爬上二樓的綴錦閣，裡面黑壓壓的，勉強可以看出堆放著花燈、桌椅、屏風等雜物。兩人對看一眼，分頭往屏風後面找去，找了半天都沒有發現，正當他們想下樓時，頭上卻傳來嘎嘎聲，抬頭一看，發現一團黑影躲在上頭，把木造的梁柱壓出聲響。

「果然躲在這兒。」小余揮起金錢劍往上跳，可惜不會輕功搆不著，只能跑到階梯口，擋住去路。

湯之鮮飛跳上去出掌，虎魔現身一閃，跳到另一道橫梁。

「諒你插翅也難飛。」湯之鮮跨過去再打，虎魔不接招，而是轉身破窗，直接從閣樓跳了下去。

湯之鮮跟著從窗戶一躍而下，小余也快跑下樓，朝他們背影追上去。

小余氣喘噓噓的來到一座高聳的牌坊前，看見湯之鮮似乎停在那裡等他。

「我一路追著虎魔，但追到這裡時他竟然消失了。」湯之鮮解釋說。

小余抬頭一看，牌坊上刻有「省親別墅」四個大字，後面是一座宏偉的建築，裡頭幾個家丁，似乎在打掃環境。

「如果虎魔又假扮成人，真不知該怎麼查才好？」湯之鮮指著裡面，憂慮的說。

「不，他既然吃下『破妖符』，就沒辦法再化成人形。」

「那就好。」湯之鮮放心的說。

他們彼此互看一眼，一起往建築走去。

來到大門前，發現兩側牆上雕刻著浮雕，一邊是刻有雲朵和兩條龍身的「雙龍搶珠」，一邊是雕有風吹竹林和大小老虎的「虎母虎子」。

湯之鮮仔細打量著「虎母虎子」，懷疑會不會是虎魔偽裝而成的，但來回檢查卻不覺有異，便打算往裡頭走去。小余原本跟在湯之鮮後面，忽然眼角餘光感覺到浮雕上微微動了一動，便回頭一劍刺向牆上的母虎。

剎那間虎魔從牆上跳出來，但爪子已中了一劍，流著鮮血。

「老爹，快來！」小余喊聲，湯之鮮回頭看見老虎逃跑的背影。

他們回到牌坊下，但虎魔又消失無蹤。

「你怎麼知道虎魔躲在那浮雕裡？我怎麼看不出來？」湯之鮮納悶的問。

「一來裡面的家丁都從容的在打掃，可見虎魔沒有進到屋子驚動他們，我因此推測虎魔躲在外面。二來他躲過你的檢查後鬆懈，眼珠子動了動，被我發現。」

「你果然機靈。」湯之鮮讚賞的說。

他們循著地上的血跡來到一座院落外，大門上寫著「怡紅院」三個字。

「是賈寶玉的住處。」湯之鮮說。

他們進到屋內，並不見虎魔的蹤影，卻看見一面兩公尺高的大鏡子立在牆邊，整套的鑲貝殼紅木桌椅擺在中央，一旁博物架上擺放著銅鼎、瓷瓶、象牙，牆上掛有風箏、書畫，還有一位美女的壁畫，滿屋子裝飾品，琳瑯滿目。

「這美女壁畫跟真人一樣大小，畫得好逼真。」湯之鮮說，「要不是虎魔吃了『破妖符』，我一定會懷疑這美女壁畫是他變成的。」

小余查過櫥櫃內外、床上床下，又抬頭檢視屋梁，都沒有發現異樣。

「這幅畫有題詩落款。」湯之鮮來到牆上一幅山水畫前，驚喜的說：「《山路松聲圖》，這是唐伯虎的畫作呀！」

「什麼？你說什麼虎？」小余聽到「虎」字心裡一驚。

「是明朝有名的大畫家，唐寅，字伯虎。你說這虎魔會不會跑進畫中的山林裡了？」湯之鮮說。

小余抬頭一看，那畫裡有幾座高聳的大山矗立在江邊，山上有瀑布飛泉和嶙峋怪石，古松枝葉繁茂，樹幹蜿蜒如蟠龍，整幅畫氣勢雄偉，引人入勝。

「如果虎魔進到畫作裡，我們豈不是得進去追查，可是時間不多了呀！」

「如果真是這樣，只有燒掉畫作了。」湯之鮮嘆口氣說，「只是可惜了這些珍貴的藝術品。」

「那得先確定畫裡有老虎才行。」小余把鼻子湊過去，仔細查看山石樹木後面，有沒有老虎的影跡。

這時美女壁畫突然流下一道紅色血痕，一條黃澄澄的尾巴從畫中的美女身後冒出來，說時遲那時快，美女身後跳出一隻寬額吊睛的老虎，張開尖牙利嘴要去咬王小余。

湯之鮮從鏡子裡看見了，回頭出掌。虎魔閃身躲過，又伸出爪子去抓小余。小余不留意，被虎爪一揮，衣服破了一個大洞。

湯之鮮施展全脈神功第二式，虎魔中了一掌，暈眩大吼，撞倒一張茶几。王小余揮起金錢劍要刺過去，虎魔見狀奪門而出，他們趕緊追出去。

虎魔受了傷，奔跑速度慢了下來，眼看湯之鮮只差幾步就要抓到虎魔，虎魔竟然轉了個方向，闖進夫人姑娘們聚集的秋爽齋。

「啊！」大家看見虎魔闖進來，放聲驚呼，四下竄逃。

虎魔看準目標，一把搶走賈寶玉脖子上的「通靈寶玉」，然後轉身跑出去。

「別想跑！」湯之鮮及時趕到，在門外把虎魔攔截下來。

「是你們別想跑，今天就是你們的死期。」虎魔拿出藏在懷裡的錦囊，掏出蚩尤石，將寶玉和石頭放在一起。他的手中迸發出紅、藍、黃、綠、白的光芒，虎魔張開嘴，把五色光吸進嘴裡。

下一秒，虎魔便對著湯之鮮噴出熾熱的紅色火焰。

湯之鮮舉起右手遮擋，袖子瞬間著火，嚇得他直找水滅火。這時，他發現自己的手呈現半透明，看天色已是黃昏，怕是一晝夜的時間要到了，他即將魂飛魄散的前兆。

「糟糕！」他驚慌失色叫道。

第十三章 真相大白

志達離開安養院，先撥手機給羽萱，羽萱卻關機了。

「她應該是在補習。」於是他用手機把那張紙拍下來，傳到少年廚俠的群組，並留言：「這道謎題和第三道神菜有關，據說是一道辣味的菜，請幫我一起想想謎底。」

很快的，群組裡傳來回覆。

繼程：什麼跟什麼？是食材嗎？

志達：如果是食材，會是什麼？

繼程：鴨舌和雞腳？辣的滷味嗎？

志達：那些算不得什麼名菜呀！只是一般的小菜。

繼程：不一定，說不定就是。

志達：好，我來試試看。

志達改用手機的地圖功能搜尋附近的美食資訊。他在螢幕上滑了滑，找到最近的一家滷味攤，買了辣味的鴨舌和雞腳。

「就是一般的滷味，沒有特別的感覺。」他搖搖頭，腦中並沒有出現祕笈的圖樣，也沒有出現什麼菜名。

他又在群組裡留言。

志達：我買了辣鴨舌和雞腳吃，它們並不是神菜。

繼程：口，會不會是豬舌？足，會不會是豬腳？

志達：我還在滷味攤前面，我試看看。

他又買了辣豬舌和豬腳，吃了之後一樣沒有靈感。

志達：吃了，都不是。

羽萱：吃那麼多辣滷味，你不渴嗎？

志達：你下課了？

羽萱：對啊，我在回家的路上。我瀏覽了你們之前的對話，我覺得沒有那麼簡單，你們都沒有注意到那個雙向箭頭。在化學反應方程式裡，雙向箭頭是指可逆反應的意思。

志達：把豬舌變成豬腳？又把豬腳變成豬舌？這說不通啊！

繼程：外公在催我練功了，你們先討論。

志達：好的。羽萱，我去你家找你，好嗎？

羽萱：好。

＊＊＊

湯之鮮用秋爽齋旁的大水缸滅了火，但右手已經灼傷，虎魔見他無力回擊，便張牙舞爪再次噴火。剎那間一面巴掌大的八卦鏡擋在火前，火勢竟被反射回去噴向虎魔。虎魔沒料到會遭火焰反撲，連忙丟掉蚩尤石、錦囊和通靈寶玉，摀著燙傷的臉。

原來小余趕到了。湯之鮮回頭，見小余的身體也開始變得半透明，心裡更加慌張。

小余見機不可失，拿起金錢劍，刺進虎魔的腿。

「嗚啊——」虎魔痛苦的咆哮。

小余上前把劍尖抵住虎魔咽喉，虎魔不敢再動。

「老爹，快撿起地上的蚩尤石和錦囊。」小余喊著說。

前方突然出現了金色光圈，小余回頭叫說：「老爹，快從光圈跳出去。」

湯之鮮撿起東西，急忙跳出去，回頭看見虎魔被小余控制著，跟著小余一起跳了出來。

＊＊＊

芹二爺的房間內忽然變得擁擠。芹二爺一看見他們出現便站起來，一改擔憂的表情，驚喜的說：「你們總算回來了！」

「這虎魔太狡猾，假扮成林黛玉姑娘，我們花了好大力氣才找到他。」小余說。

「那文稿中一切都還好嗎？」芹二爺擔心的問。

「別擔心，林黛玉雖然被虎魔綁起來、藏進山洞，但後來找到了，她平安無事。」湯之鮮說。

芹二爺鬆了一口氣，狠狠的瞪著虎魔：「你說，你為什麼要毒害我大哥？」

虎魔低頭不語。

接著芹二爺拿出一個罐子，倒出裡面的黑色粉末，憤怒的說：「這是牛姥姥口中的『大補粉』。我一早請了別的大夫，他檢查出這是晒乾的蜈蚣磨成的粉末，具有強烈的腎毒性。你這狠毒的妖魔，我大哥跟你有什麼仇？」

「快說！」小余用金錢劍威嚇虎魔，虎魔終於開口。

「曹風竹跟我暴虎沒有仇，只怪他中舉後執意要帶汪喜紅到外地當官，又不斷的催曹雪芹求取功名，我只好下毒讓他無法順利就任，也沒力氣管事，才能讓曹雪芹好好專心寫作《石頭記》。」

「你為什麼那麼希望芹二爺寫作《石頭記》？」小余問。

「一切都是蚩尤石的計謀。曹雪芹在小說中寫下的『通靈寶玉』，其實是蚩尤石在『靈幻界』所製造的另一個蚩尤石。」虎魔說。

「另一個蚩尤石？」芹二爺滿臉困惑。

「蚩尤石曾指示我，等到曹雪芹完成這本書的那一日，『通靈寶玉』便會聚足飽滿的靈力。到時，我會帶著蚩尤石進入文稿中，跟『通靈寶玉』合併成為一顆巨大的魔石，如此一來，便能打敗它的宿敵『軒轅石』。」虎魔說。

「原來是這樣。」湯之鮮恍然大悟。

「不料我的身分被你們識破，我只得提前躲進文稿中等這本書完成。又沒想到你們竟然會進到裡面去抓我，我只得提前把蚩尤石和『通靈寶玉』合併。誰知『通靈寶玉』的靈力還很薄弱，害我一敗塗地。」虎魔喪氣的說。

「阻礙芹二爺寫小說的人不止竹大爺，你為什麼偏偏毒害他？」湯之鮮問。

「我先對他下手，再來會是老爺，接著就是芹二奶奶。」虎魔說。

「天哪！你太可惡了。」芹二爺生氣的說。

「這麼說來，原本的汪喜紅呢？」湯之鮮轉頭問虎魔，「是你殺了她嗎？」

「不，她早就已經死了。」虎魔說。

「啊，我想起來了。半年前，大嫂生了一場大病，纏綿病榻，遍尋名醫也束手無策。」芹二爺恍然醒悟，「那時家中已經著手準備喪事，沒想到有天一早，她竟然生龍活虎的出現在大家面前。大家都欣喜她能起死回生，根本沒想到竟然是虎魔假冒的。」

「那屍首呢？」小余問。

「我藏到郊外的山洞去了。」虎魔答。

「還有，大哥就是在那之後才開始生病的呀！大哥以前身體健壯，自從大嫂死而復活之後，他的身體就江河日下，懶言少語，到後來只能下床走動卻出不了門。」芹二爺感嘆的說，「我也是在那之後，撿到錦囊的呀！」

「該怎麼處置虎魔呢？」小余問。

「這是曹家的禍害，請芹二爺發落。」湯之鮮看著芹二爺。

「再怎麼說也是一條性命，就把他關進籠子吧！」芹二爺說。

「那得打造一個堅固的鐵籠才行。」湯之鮮顧慮的說。

「但在籠子做好之前，該怎麼處置他？」小余說。

「先用繩子綁住四隻腳。」湯之鮮說。

趁三人談話之際，虎魔竟冷不防張口去咬小余的手，小余驚覺把手一收，手上的金錢劍也鬆落到地上。

匡啷！金錢劍化回一堆銅錢，散落一地。

虎魔乘機竄起，湯之鮮急忙出掌，但他先前在靈幻界受了傷，功力所剩無幾，虎魔只是被他推了一把，往旁跨了一步。小余急忙去撿銅錢，想再施法造出金錢劍，但虎魔奮力往窗外一跳，轉眼失去蹤影。

「啊！被他逃了。」芹二爺慌張的說。

「湯老爹受傷，我又不會輕功。算了，他已經受了傷，學到教訓，不敢回頭來鬧了。」小余望著窗外搖搖頭說。

「那這石頭怎麼處理？」芹二爺問。

小余想了一會兒，便把蚩尤石放進錦囊，把封口的繩子綁緊。「我作法將它封印，鎮壓住蚩尤石的魔力，請芹二爺仔細保管著，繼續借助石頭的靈感完成小說，將來把石頭作為傳家寶，傳給子子孫孫。」

「太好了。」芹二爺高興的說。

「給我剪刀和針線。」小余說。

芹二爺把東西備齊，小余作法之後，從身上衣服剪下一小塊布，在上頭繡上「王小余封印，乾隆十三年」，然後縫在錦囊的封口處。

「好了。」他把錦囊交給芹二爺，再次慎重的說：「將來千萬要告誡子孫不得開啟封印，否則會帶來可怕的大災難。」

「我會的。」芹二爺鄭重的承諾。

原來如此。湯之鮮心想。他終於得知為何自清代以來，無人知曉蚩尤石的下落。他靜靜走到外頭，拿出鐵片往軒轅打火石敲擊。

「雷金流火，天地玄黃，元祖叱吒，萬古流芳，天清清，地靈靈，回到出發的地方……」

半夜兩點多，安養院的病房內冒出一陣藍色火光，陳淑美被嚇醒了。火光很快消失，湯之鮮站在病床前，把軒轅石交給陳淑美說：「還給你。」

「湯老前輩，你受傷了。」陳淑美看到他右手的傷勢，驚訝的問：「怎麼回事？」

「這是小傷，比較麻煩的是此番前去調查，耗損許多內力，恐怕需要再靜心調養了。」湯之鮮虛弱的說著，把他調查的經過和結果都說給陳淑美聽。

「原來蚩尤石是因為這樣才消失的。」陳淑美驚訝的說，「它既然是由曹雪芹收藏，代代相傳，這位主上很可能姓曹。」

「沒錯。」湯之鮮說。

「但我過去並沒有和姓曹的人結仇啊。」

「在我退隱之前，也遭受過那個主上的毒害，不見得是跟你我有仇，對方應該是為了祕笈和軒轅石而來。」

「如果不是仇人，又要從何查起呢？」

「的確難辦。但這不失為一個線索，你且放在心上，我也會趁靜養時暗中調查，一得到消息就會想辦法通知你。」

「好，我記下了。多謝湯前輩。」

「我走了。」湯之鮮說完打開窗戶，翩然離去。

＊＊＊

志達來到羽萱家已經是晚上八點，羽萱說：「我爸媽出去應酬還沒回來，你可以自在一點。」

「你爸行動不方便還去應酬？」志達問。

「他閒不住的。如果讓他在家待兩天，什麼事都不做，他就一副快要生病的樣子。」

「來，」志達掏出那張紙，「你剛才講到雙箭頭是可逆的意思。然後呢？」

「然後……」羽萱接過紙條在客廳沙發坐下，「讓我想想。」

羽萱看了看紙條，說：「上回那個謎題：管子登高不見天，后羿十箭射玉兔，吳越美女背娃娃，節節高昇第一步。用的是中國歷史故事當謎題，這次的

『口』和『足』會不會也是同樣的方式呢？」

「嘴巴變成腳，腳變成嘴巴？」志達困惑的說，「有這種歷史故事？」

「好像沒有。如果是真的就太可怕了。」羽萱想了一會兒又說：「不過西洋的童話故事裡倒是有用聲音換雙腳的故事。」

「啊！你的意思是說，這個『口』字其實是說話的聲音，用聲音來換雙腳，那是安徒生童話裡的……」

「《人魚公主》。」兩人不約而同說出同樣四個字。

「對，聲音甜美愛唱歌的人魚公主愛上了陸地上的王子，因此想要把魚尾巴變成一雙腳，上岸去跟王子結婚。女巫有魔藥可以實現她的願望，但是必須用甜美的聲音來交換。人魚公主喝下魔藥，長出一雙腳，卻變成了啞巴……」羽萱越說越難過。

「如果是這樣的話，雙箭頭就不是可逆的符號，而是交換的意思。」志達說。

「沒錯。」羽萱點頭。

「人魚公主是指哪一道菜，魚香肉絲嗎？」志達問，自己都覺得好笑。

「有可能。」羽萱想了想又說，「這道菜是辣的，說不定就是。」

他們上網查資料，魚香肉絲的材料裡並沒有魚，而是用泡紅椒、鹽巴、醬油、白糖、薑末、蔥等佐料炒出魚肉的香味。

羽萱打開冰箱，說：「家裡有豆瓣醬、豆腐、青菜、蔥、薑，但沒有肉絲和泡紅椒。」

「沒關係，這附近有家超市，我現在就去買回來做做看。」

志達從超市帶回了魚香肉絲的材料，按著食譜的作法，在廚房依樣畫葫蘆的做出來，聞起來果然有魚香味。他和羽萱嚐了一口，雖然非常可口，卻沒有特殊的感應。

「不是這道菜。」志達搖搖頭。

「沒關係，再想想。」

「人魚公主是美人魚。」志達想了一會兒，又說：「是棲息在水裡的魚。」

「不，她不是魚，她是公主，是水裡的女人才對。」

「水裡的女人？有這種菜名嗎？」志達忽然冒出靈感，「等等，水也可以是波浪，水波下的女人，『波』加『女』是個『婆』字。」

「有什麼辣的菜是用『婆』來命名？」羽萱疑惑的問。

「有！」志達忽然開竅似的，開心的說：「麻婆豆腐。」

「對耶，值得試試看！」

他們又上網查麻婆豆腐的食譜，材料是：豆腐、豆瓣醬、蔥花、豬絞肉、花椒、蒜末、香油、醬油、糖。

「冰箱有豆腐，也有豆瓣醬和花椒，就是缺豬絞肉。」

「剛才買的肉絲還剩很多，把它們剁成肉末就好了。」

「那太好了，馬上就來做。」

志達重新拿起菜刀，整備材料，按著食譜烹煮出香噴噴的麻婆豆腐。

「哇，好香。」羽萱嚐了一口，誇讚的說：「真好吃。」

志達也吃了一口，卻忍不住吐舌頭叫說：「天哪！好麻好辣。」

「還好吧，辣度剛好啊。」羽萱訝異的說。

志達覺得滿臉熱烘烘的，腦中出現了祕笈的圖樣，並且在大鼎上方浮出第三道菜的名稱「麻婆豆腐」。

「沒錯，就是它。」志達開心的說。

「快，用軒轅石回到古代去學這道神菜。」羽萱也興奮的說。

「噢，不，石頭現在在我媽那兒。」

「為什麼？」

「這個謎題就是石頭給她的提示。」志達解釋，然後又說：「我現在就去跟她拿軒轅石。」

「那我不跟你過去了，我剛補習完，作業都還沒寫呢！」

「好，你在家裡等我的好消息。」

志達告別羽萱，直奔安養院。

「媽，我知道第三道菜是什麼了。」

「是什麼？」

「是麻婆豆腐。」志達興奮的說，「我現在就回去古代學習神菜。」

陳淑美很高興志達解出湯老前輩留下的謎題，又想跟他說主上姓「曹」的事情。但一心想學習神功的志達，已經一把拿走她手中的石頭，喊出：「雷金流火，天地玄黃，元祖叱吒，萬古流芳，天清清，地靈靈，全脈神功，請示薪傳——」他拿出預備在身上的鐵湯匙敲擊石頭，「麻婆豆腐……」

病房裡再度燃起了純青的火焰。

第十四章　劫富濟貧的義賊

火焰消失時，志達發現自己處在黑夜裡，頭頂著一片月光，他站在高牆大院的外面，身旁有高聳的樹林。他徬徨茫然，不知要去哪裡？難不成這高牆大院等著他進去探索？

正當他想施展輕功跳上高牆的時候，忽然聽見急促又凶惡的吼叫聲。

「賊兒別跑……」

「剛才他被棍棒打中受了傷，想必逃不遠的。」

「不只一個，還有另一個，快分頭找。」

一聽這些話，志達猜想是有人在抓賊，便趕緊往林子裡跑去，並且輕功躍上大樹，免得一不小心被人當成賊就不好了。

不一會兒，一群家丁手執棍棒和燈籠來到他附近，直嚷嚷：

「人呢？人呢？剛才還看見在這兒，怎麼一下子就不見了？」

「一定是躲進林子去了。」

「快進林子找去。」

志達一聽，急跳到另一棵葉子更茂密的樹上，把手腳收緊，緊靠著樹幹。

家丁們散入林子裡，他居高臨下，看見他們在底下來回穿梭。那些人的後腦勺都繫著辮子，穿著窄袖的上衣，看起來是清朝人的打扮。

「沒有。」

「我這邊也沒看到。」

「這裡也沒有。」

他們追查後一無所獲，只能悻悻然離去。

等人走遠了，志達跳下樹，想著下一步該往哪裡去。這時候去大宅院敲門似乎不大好，還是要待在外面，等天亮再過去探問嗎？

「這位大俠……」志達的身後忽然傳來微弱的聲音。

他轉身搜尋聲音的來源，但林子裡一片漆黑，什麼都看不見。

「請大俠幫幫我，我的腰扭傷了，上得來卻下不去，不知如何是好？」

志達朝聲音來源看去，一個微微晃動的影子吸引了他的目光。他靠過去細看，發現樹上有一隻手在揮動，便不高興的說：「哼！原來你就是剛才被那群人追捕的盜賊，你還敢向我求救。」

「我看你剛才躲進林子，才以為你跟我一樣是劫富濟貧的義賊。」

「劫富濟貧？」志達好奇的問，「怎麼說？」

「前方那戶大宅姓江，家財萬貫卻為富不仁。江老爺常常苛扣佃農，又與官府勾結，欺壓百姓，因此我才偷盜他的錢財，發給貧苦的人家。」

「這麼說你是替天行道？」

「我不敢這麼說，我只是希望窮人也能過上好日子。」

「是我錯怪你了。」志達急忙躍上樹梢，將他解救下來。

「感謝救命之恩。我叫做陳興盛，請問大名，日後有機會必將報答。」那個人落地後感激的說。

「我叫做林志達，不用報答我了。」

陳興盛歪著腰、跛著腳，踉踉蹌蹌的走出林子，月光下他看到志達的模樣，驚訝的說：「啊！想不到你小小年紀，竟然就有如此厲害的輕功。」

「陳大哥客氣了。」志達看他不良於行的樣子，關心的說：「你受傷了？」

「一點傷不礙事，告辭了。」陳興盛說。

「等等，我無家可歸，你能不能帶我回去，讓我跟在你身邊，一起幫助窮苦人家？我會一點灶房裡的工作，不會拖累你的。」

「看你武藝高強又懂廚藝，難不成是灶幫的弟子？」

「沒錯。」

「太好了。我是華山派的，師父曾說我華山派原名花三派，屬於灶幫底下的一個分支，所以追古溯源起來，我們還是一家人呢！若小俠不嫌棄，就請跟我走。」

「謝謝你。」

志達看陳興盛疼痛難當的模樣，便提議由他背著陳興盛行動。陳興盛住得遠偏，志達用輕功奔馳，竟花了一個多小時才到達。

屋子裡早已點了一盞燈，他們推門進去，裡面有一個婦人迎出來，欣慰又驚嘆的說：「太好了！你總算回來了，我真怕你被他們抓走。我甩開他們之後，又偷偷回到江府去打探，一直等到全部的家丁都回來，嚷著說沒抓到人，我才敢回家。」

「這位小俠叫林志達，多虧他把我從樹上救下來，如果沒有他相救，你也不知道去哪裡找我。」陳興盛說完又轉身介紹，「志達，這是我內人。」

「感謝這位小俠。」婦人說。

「不敢當，叫我志達就好了。」志達連忙打招呼。

「人家都叫我陳麻婆。」婦人爽朗的說。

志達就著燈光，終於看清楚婦人的臉。原來她臉上布滿了一點一點的麻子，難怪人家稱呼她陳麻婆。

這時陳興盛在油燈旁坐下，解開蒙面的黑布，志達赫然看見他的臉頰上長著一顆拳頭大小的毒瘡，一隻眼睛受到擠壓瞇成了線。

「這是怎麼回事？看起來好嚴重……」他驚訝的指著問。

「碰不得。」陳興盛急忙阻止。

「唉！他這毒瘡已經很久了，每天又腫又痛，稍微碰到就會劇痛難當。還好不至於影響生活，只是不能吃太硬的東西。」陳麻婆心疼的說。

「有看過大夫嗎？」志達關心的問。

「看過了，大夫也不敢動它，只說絕對不可以喝酒，否則瘡毒會攻腦入心，引發癲症。」陳麻婆說。

「自患上毒瘡後，我平日很少吃大魚大肉，儘量多吃些幫助消炎清熱的豆腐，讓我的臉頰可以舒服一點。這也是大夫叮囑的。」陳興盛無奈的說。

「這毒瘡是怎麼來的？」志達好奇的問。

「那是一次我們出外偷盜時，遇到一個名叫鄧捷的貪官，我們沒料到鄧捷會陰毒的功夫，用了毒針使我中毒，生出這毒瘡。」陳興盛感慨的說。

「什麼陰毒的功夫？」志達的好奇心繼續被挑起。

「我不知道，不過我很幸運，鄧捷射出的毒針只從我臉上輕輕擦過，如果正中我的身體，我不敢想像後果會是如何。」陳興盛說。

「必死無疑啦！」陳麻婆插話說。

「鄧捷人呢？」志達義憤填膺的說，「我去找他，向他拿解藥。」

「鄧捷早被調派到遼西去了，距離四川十萬八千里。」陳麻婆笑著對他說，「就算你去跟他要，他也不會給你啊！」

「那是什麼樣的毒？」志達又問。

「不知道，但聽說他師承武當派底下的五毒宗，每到初一十五都會飲用五毒卵製成的湯藥，維持身體極陰的體質，才能修煉那門功夫。」陳興盛說。

「聽起來好詭異。」志達說。那會是五毒陰功嗎？志達想起媽媽中毒的情況，懷疑兩種毒或許有關連？

陳麻婆檢查完丈夫的傷勢後說：「你腰間的一條筋被打腫了，連帶牽連到大腿的肌肉，所以才會連走路都有困難。」

她運功凝聚內力，在他腰背上灌入真氣，不一會兒陳興盛舒了口氣說：「呼，輕鬆多了。」

志達不知自己來到什麼年代，好奇的問：「不知道現在的皇帝是誰？」

「同治皇帝已經登基多年，不過聽說兩宮垂簾聽政，真正當家的是西太后。」陳麻婆回答。

「無所謂，我們四川首府成都這兒，天高皇帝遠，誰當皇帝對我們來說都一樣，地方上都是官商勾結，橫征暴斂。」陳興盛氣憤的說。

「朱門酒肉臭，路有凍死骨。我們每天都看到這樣的場面，因此才決定要劫富濟貧，幫助窮人。」陳麻婆忿忿的說。

陳麻婆又在丈夫的腰間推拿幾下，之後陳興盛站起來活動四肢，似乎已無大礙。

「今天劫來的黃金在哪裡？」陳興盛問。

「就在床底下，一共五十兩黃金。」陳麻婆說。

「拿一兩送給志達。」陳興盛說。

「不，我不要錢，我是敬佩你的義舉才幫你的。」志達婉拒了。

「那你就放心住下來。」陳興盛說完又對妻子解釋，「志達無家可歸，我答應讓他跟著我們。」

「太好了！我這就去打掃後面的空房。」陳麻婆說完便往屋內去。

「志達，我夫妻平常在大戶人家當廚子，剛才你說你會一些廚藝，明天就和我們一起出門，跟著我們一起做菜，互相也有照應。」陳興盛說。

「主人會不會不答應？」志達擔心的問。

「前陣子剛有廚子離開，一直找不到適合的人接手，有我替你擔保，沒有問題的。」

兩人又閒聊幾句後，陳麻婆走進來說：「屋子都打掃好了，沒事就早點休息吧，明天還要早起呢。」

隔天一早，志達隨陳興盛夫妻來到一處大宅院，光從宅院雄偉的外牆來推估，這一戶人家比昨晚的江富翁家大了好幾倍以上。

「這是哪裡？」他好奇的問。

「四川總督吳棠的家。」陳興盛說。

「什麼？是官府？」他驚訝的說。

他們夫妻厭惡官府，怎麼還在官府當廚子呢？難道嘴巴說一套，做的又是一套？說不定連什麼劫富濟貧都是在騙我的？我會不會中了他們的圈套了？

可是志達人已經進到府裡了，只能暗中觀察情勢，再做打算。

第十五章 善行鑄成大錯

陳興盛帶他去見府裡的畢管家，畢管家聽他們夫妻說完，同意僱用志達幫廚。

接著，陳興盛又帶他去拜見一位老先生：「這位是林爺子，負責照料老爺的飲食起居。老爺原籍安徽，到各地上任都會帶著他，因為他做的徽菜最對老爺的口味。」

「見過林爺子。」志達恭敬的行禮，「我還以為來到四川必須煮川菜呢！」

「當然要煮川菜，老爺雖是安徽人，但要求我們每餐都要做一半分量的川菜，他和夫人都喜歡吃。」陳興盛補充說。

原來林爺子負責煮徽菜，陳興盛和他的妻子則負責煮川菜。

傳說四川人愛吃辣，志達進到吳府後真是見識到了。灶房裡有一大罈的花椒油，不管回鍋肉、黃燜鴨、辣子雞，都要淋上一大匙。

「我帶你去看老爺最愛吃的一道菜。」林爺子說著，帶他們來到灶房後頭的一個大缸邊，他掀起大缸上頭的大片瓦蓋子，一股臭味嗆鼻而來。

「噢，好臭！」志達連忙捏起鼻子，「什麼東西怎麼那麼臭？是臭豆腐嗎？」

「不，看清楚，是醃鱖魚。」林爺子笑著說，「這醃漬的鱖魚聞起來臭，但是炸過之後，配上五花肉絲、青蒜、冬筍，再用黃酒和醬油紅燒，吃起來可是香嫩無比。」

然後他又走到蔭涼的屋簷下，指著兩個竹編的圓蒸籠說：「你來看，這也是好吃的徽菜，別的地方沒人這樣做的。」

志達不知該怎麼形容蒸籠裡的東西，那裡頭擺放了一塊塊像是方形蛋糕的東西，但彎腰去細看，發現那上面覆蓋了一層黃色的細毛。

「這東西好可怕！」他訝異的說。

「這叫毛豆腐。」林爺子笑著說，「別看它模樣奇特，那是故意在豆腐外層抹了麴菌，讓豆腐發酵長毛，拿去油煎來吃，酸酸甘甘滋味很好。」

吳府裡人丁眾多，每日料理的飯菜量也大，志達跟著他們三人忙了大半天，總算大功告成。

吃完晚飯由吳府的婆子們負責善後，廚子們天黑前便能回家休息。

回到陳興盛家中，志達忍不住問他：「你既然討厭那些欺壓百姓的官府，為什麼要去幫他們做菜，那不是為虎作倀嗎？」

「我和我妻子都是來自鄉間草莽，我們刻意待在官府，就是為了方便打探哪些富商與官府來往勾結，然後半夜潛入他們府中偷盜財物，再暗中救助窮人。」陳興盛解釋道。

「噢，原來是這樣啊。」志達說。

「志達，今晚就跟我們去分送錢財吧！」陳麻婆對他說完就到屋外負責看守，陳興盛則拿了榔頭、菜刀，將昨晚偷盜來的那些金元寶分成小塊。志達實在不敢相信，原來金元寶那麼軟，他把菜刀架在元寶上用榔頭去敲，竟然花不了多少力氣就切斷了。

「這樣才能分給更多窮苦的人。」陳興盛很有經驗的說。

當天夜裡，三人換上黑衣一起出門，他們用輕功在屋頂上移動，再伺機跳下去。那些棲身在暗巷、破屋裡，穿著破爛、身形消瘦的乞丐和窮人，都得到三人分送的黃金。他們拿到時都千恩萬謝，但沒有特別驚喜，想必並非第一次得到幫助。

直到附近的窮人發送得差不多了，陳麻婆才說：「該回去了，剩下的一半明晚再去發給更遠的窮人。」

三人回到住處後，看時間不早便各自回房休息。

隔天一早，志達被一陣驚叫吵醒。

「哎呀！不見了！怎麼好端端的不見了？」那是陳麻婆的聲音。

他跑過去一看，原來一覺醒來，陳麻婆發現床底下的半袋金子不翼而飛。

「是我睡得太沉嗎？怎麼有人闖進來偷東西，我卻全然不知呢？」陳興盛困惑的自問。

陳麻婆翻找屋子，發現還少了其他東西。「萬紫千紅香也不見了。」

「啊，我懂了，有人趁我們睡覺時偷了我們的迷魂香，用香迷昏我們，他再不疾不徐的偷走金子。」陳興盛猜想。

「萬紫千紅香？」志達好奇的問，「那是什麼？為什麼可以把人迷昏？」

「那是用罌粟花、曼陀羅花、迷魂草和勾魄果，去磨成粉末所製的香，只要一聞就會不省人事。」陳麻婆說明。

「你們偷盜時用迷魂香嗎？難道不會自己先被迷昏？」志達好奇的問。

「蘿蔔乾可以解毒，我們事前會吃下蘿蔔乾。」陳麻婆說。

「小偷也知道解毒的方法嗎？」志達說。

「看起來是這樣。」陳興盛生氣的說。

他們無可奈何，只好先把這事擱在一邊，趕著到吳府去做菜。

誰知一到吳府後門，畢管家就等在那兒對他們說：「你們遲到了，碰巧今天林爺子請病假，只剩你們三個廚子，動作快！」

「請病假？他怎麼了？」陳興盛問。

「不知道，他剛才遣個小毛頭來傳話，說是頭痛欲裂，跑去鄉下找大夫去了。」畢管家焦急的說，「老爺今天想吃的川菜是水煮牛肉、粉蒸肉、螞蟻上樹；徽菜有香菇盒、鳳燉牡丹、山藥燉鴿。其餘菜色由你們自由發揮，材料我都已經買好了，你們快去做吧！」

「鳳燉牡丹是什麼？」志達還沒聽過這道菜名。

「就是老母雞、豬肚燉火腿，快點做吧！」畢管家說。

這一天很忙碌，由於陳家夫妻還要負責他們不熟練的徽菜，忙得三人人仰馬翻。

傍晚離開前，陳興盛把志達叫過去。志達走近他身邊，發現他拿著一個甕，盯著裡頭對志達說：「這裡面的蘿蔔乾都不見了。」

「什麼意思？」志達不知道陳興盛為什麼要說這個。

「老婆，你來看。」他又叫陳麻婆過來。

陳麻婆一看甕底朝天，驚呼說：「原來是林爺子！」

這下志達明白了，林爺子摸清楚陳家夫妻的底細，先偷了蘿蔔乾，又偷了萬紫千紅香，最後偷走了黃金。

「走，我們去找他，叫他把黃金交出來。」陳興盛說。

「人海茫茫要怎麼找？」志達問。

「依林爺子揮霍的個性，一定會把到手的錢財花掉。不過用金子買東西太過招搖，我猜他會先去黑市把黃金換成銀子。」陳麻婆說，「我們到黑市去問。」

「沒錯，吃飽飯就走。」陳興盛說。

三人匆匆吃過飯，便離開吳府。

黑市？志達感到十分好奇。是不是在深深的暗巷裡面，一群人蒙著臉不言不語的交易，只以眼神和暗號溝通？或者是像卡通裡流浪的吉普賽人那樣，讓人進到帳篷內，薰著奇特的白煙，說著神祕詭異的話語？

他們來到一棟洋樓前停下，那洋樓四面都是石頭砌成的，有三層樓高，牆上高處都留有槍眼，底下那包覆著銅皮的大門顯得戒備森嚴。

「這是什麼地方？」他好奇的問。

「成都最大的錢莊。」陳麻婆回答，然後帶他繞到後門去。

陳麻婆敲了門，一會兒後有人開門接應，帶他們爬上一道木梯來到二樓。但他們才剛上去，底下立刻有人把梯子拿走，讓他們下不去。

「這……」雖然以志達的輕功，區區一點高度難不倒他，但他仍感到疑惑。

錢莊樓上分成了好幾個房間，陳麻婆看到志達惶惑的眼神，笑著跟他說：「別緊張，二樓是存放銀錢、黃金和珠寶古董的地方，平常沒有架梯子，好阻隔盜賊宵小。若是有人上了二樓，馬上就要把梯子撤走，也是同樣的道理。」

「這裡的掌櫃是我華山派的師妹，儘管安心。」陳興盛說。

「是錢莊也是黑市？」志達在心中大呼不可思議。

「師兄，師姐，沒想到今天還有新客人。」一個女人的聲音從裡邊傳來。

「師妹，這位小俠是我的救命恩人。我們前晚去江富翁家，我被江家的家丁打傷，是他救了我。」陳興盛說。

一位容貌姣好的女子從裡面出來，指著一張凳子說：「小俠請坐。」

志達坐下來，陳麻婆搶話說：「林爺子有沒有來這兒換銀子？」

「有，今天一開門他就來了。」女掌櫃確切的說，「我換成銀兩給他，賺了一成。」

「可惡！果然是他。」陳興盛生氣的握拳。

「師兄，師姐，這不打緊，你們可能還不知道，你們偷錯了人家，現在百里之外的江家和江家附近的鄰里，都對你們罵聲連連。」女掌櫃的說。

「怎麼會這樣？」陳興盛和陳麻婆都十分錯愕。

「那江老爺是個孝子，平日樂善好施，鄰里鄉親都很敬重他。他的母親重病，那一袋金元寶原是要用來支付來自西藏的名藥天山雪蓮，為他母親治病用的。」女掌櫃的說。

「你怎麼知道這件事？」陳麻婆問。

「昨天一早藥商已專程將藥送到江家，但江家拿不出說好的銀兩，便請藥商先回到客棧歇息，江老爺派人拿了房契地契，快馬來我錢莊借錢。我借了錢給他們，但藥商卻收到別處的消息，有其他人要以六十兩黃金收購，他便去找那新買家了。」

女掌櫃嘆口氣繼續說，「今日一早，江家的管家拿了錢來還我，哭哭啼啼的，說昨日下午江母病重不治，江老爺哀痛逾恆，認為自己對不起母親，十分不孝，竟也跟著上吊去了。」

「怎麼可能？我們調查過了，江老爺苛扣佃農，作威作福，鄰里都很討厭他。」陳興盛鄭重的說。

「你說的那個人是住在江家附近，隔五條街的姜家。」女掌櫃說。

「什麼跟什麼？」志達納悶的說，「我怎麼聽不懂呢？」

「你們偷的是江河日下的江家，作威作福的是姜太公釣魚的姜家。」女掌櫃進一步說明。

「原來我們搞錯了！」他們夫妻不約而同從凳子上跳起來，面面相覷，後悔不已。

志達在一旁也難過得說不出話來。

第十六章 三道神菜

在問清楚原委後，志達跟著陳興盛夫婦落寞的離開了錢莊。

「我們一定要找到林爺子，把剩下的銀子要回來，拿回去江家歸還。」陳麻婆咬牙切齒的說，似乎把滿腔的愧疚轉為對林爺子的憤恨，好讓自己好過些。

「我們對不起江家，害他們一日之內失去兩條人命，就算歸還一百兩黃金，也無法彌補罪孽。」陳興盛悔恨交加的說。

志達不知該怎麼安慰他們，畢竟兩條人命真的不是金銀財寶換得回來的。

「林爺子素來愛喝酒，這會兒拿了錢，一定花天酒地去了。」陳麻婆生氣的說。

「啊——」陳興盛大吼一聲，悶著頭往前奔跑。

這時夕陽西下，天空中的五色雲彩燦爛美麗，可惜三人皆無心欣賞，心中一片戚然。

天色漸漸暗下來，城內家家戶戶亮起了燈火，他們找遍成都府的酒樓，都沒有林爺子的蹤影，只好出城繼續尋找。

就著星光，三人施展輕功前往附近的縣城，找了好久，終於在白沙鎮找到了林爺子。他果然在酒樓裡喝酒，桌上大魚大肉，還請了一群酒肉朋友同歡。

「林爺子，交出銀子。」陳麻婆一見到他就上前表明來意。

「誰找我林大爺？」林爺子瞇著眼，滿臉通紅噴著酒氣，醉醺醺的說。

「可惡！」陳興盛怒不可抑的衝向他，一個拳頭朝他下巴打去。不料林爺子雖然帶著酒意，揮手便包住陳興盛的拳頭，並順勢往下一壓，讓陳興盛一個踉蹌差點摔倒在地。

一旁的酒肉朋友看見開打了，紛紛一哄而散。

「喝醉酒還能出招？」陳麻婆驚訝的說。

「你不知道官灶派的琴掌七式加上老酒的勁道，可以變成醉掌七式嗎？哈哈哈！」林爺子得意的說。

「看我的櫻花掌。」陳興盛繼續出招，雙拳飽滿快速狠打，猶如櫻花怒放。

「就用松風掌來掃你的滿樹櫻花。」林爺子身子一仰，對空連揮五掌，陳興盛的雙手便被拳風帶著繞圈旋轉，宛如纏入龍捲風裡，人也摔上牆壁。

「吃我蓮花拳。」陳麻婆五指併攏如含苞的蓮花，專往林爺子的臉上攻擊。

「我用醉醺醺的流水掌送你一片洪水，叫你蓮花流水漂。」

林爺子突的躍起撲向陳麻婆，把她雙拳壓制下去，又回敬她一個推掌，陳麻婆被震退了五尺。

「難怪你一個人就可以做出一桌徽菜，原來你功力深厚，深藏不露，我們相處多年，竟然都不知道。」陳興盛掙扎著起身後說。

志達看不下去了，氣憤的打出全脈神功。先是右掌朝林爺子的心口進攻，林爺子隨手來擋，志達同時快打左掌，瞄準他右側的胃經。

「啊！」林爺子感到右腹疼痛，伸手去摸。趁他抬手的空檔，志達轉身，一個手肘朝他腋下頂去，他又叫了一聲，摔在地上。

「你這個小子竟然功夫了得，我太輕敵了。」林爺子躺在地上，用雙手頂住上身，雙腳高舉在空中踩著七星步朝志達而來。那是七步成詩腿，志達也連忙出腿去對付，不料林爺子功力深厚，加上烈酒的後勁，腿上使出的強烈氣旋使志達失去重心，跌出一丈之外。

林爺子狠狠的說：「你們不是劫富濟貧嗎？我也是窮人，我偷你們的金元寶又有什麼錯？你們偷了一個貪官，世上還有千千萬萬個貪官，他們非但不會因此變窮，還會繼續狂徵暴斂，搜羅更多錢財把失去的補回來，最後倒楣的依然是被剝削的老百姓。你們這不是助人，是在害人。我問你們，你們劫富濟貧那麼久了，有看到哪一個貪官變成清官了嗎？」

陳興盛和陳麻婆一聽十分震驚，啞口無言。

「你們去偷盜時我暗中跟蹤多次，你們都沒有發現。要說起武功修為，我比你們更有條件，但我也從沒去偷盜富貴人家的錢財占為己有，你們有什麼臉說自己是義賊！」林爺子從懷中掏出兩個袋子，往地上一丟又說：「萬紫千紅香還給你們，剩下的銀子也還給你們，來不及花完，可惜了。」

林爺子說完便朝窗外一跳，輕功躍上屋頂，不見蹤影。

雖然要回部分的錢財，但三人猶如鬥敗的公雞，回程的路上不發一語，默默回到住處，安靜的睡去。

隔天早上，他們一同去吳府做菜，但除了工作上的交辦指揮少有交談。陳興盛不知是挨了林爺子的掌風，還是沒有睡好的緣故，精神很差，額頭上頻頻冒汗。

一直到了傍晚工作結束後，陳痲婆才跟志達說：「我們想把錢還給江家，但是我們沒臉回去，加上陳大哥身體不舒服，不知能不能請你幫忙把黃金送回去？」

「沒問題，可是我們前晚分送掉大半的錢財，現在剩不到一半，該怎麼辦？」他疑惑的問。

「這些銀子留下，待會兒我就去向師妹借錢。」她慚愧的說。

之後陳興盛先回家休息，志達跟著陳麻婆去到錢莊借錢。陳麻婆獨自上樓，志達在樓下等待，不久後陳麻婆帶著一袋黃金下來交給志達。出乎意料之外，這袋黃金竟然有一百兩。

「這多出的五十兩是跟師妹多借的，希望能彌補一些我們的虧欠。」陳麻婆神色黯然的說。

「我該向江家人說明事情的來龍去脈嗎？」志達說。

「不用，我寫了封信，跟黃金一起放在袋子裡，裡頭說明了一切。」陳麻婆眨著眼睛，不自覺流下眼淚。

「我明白了。」志達嚴肅的說。

陳麻婆為他指引了江家的方向，他趁著天色未暗即刻出發。

志達施展輕功沿路奔馳，涼風在耳邊呼呼響著，心中五味雜陳。劫富濟貧原是為了展現公平正義，如今卻因一場誤會造成人間悲劇，真是叫人難過。

來至江家已是黑夜，他在屋頂觀察，在布置成靈堂的前廳，一個婦人帶著兩個小孩在那邊燒著紙錢。他用迅雷不及掩耳的速度躍至婦人面前，留下裝著黃金的袋子，接著又迅速離開，完全沒給她反應的空檔。

這一來一回速度極快，少了陳興盛，他在一個小時左右便完成了任務。

一回到陳家屋子，志達竟聽見陳興盛在痛苦呻吟，原來是他臉上的毒瘡發作了。

「怎麼辦？怎麼辦？」陳麻婆來回踱步，急得像熱鍋上的螞蟻。

「我只想早點解除痛苦，你用刀將毒瘡挖掉吧。」陳興盛痛苦的說。

「我也想啊，但一碰到你的臉，你就痛苦的叫個不停。」陳麻婆說。

「我可以壓著陳大哥的身體，讓他不要亂動。」志達提議說。

「我還是做不到，只要看到他痛苦的表情，還有哀號的聲音，我就無法動刀。」陳麻婆忍不住哭了。

「我還記得十多年前師父臨死前提到，華佗為人開腹洗腸時，用來麻痺病患的『麻沸散』，它的配方裡有兩個主要原料：烈酒和花椒，你還記得嗎？」陳興盛虛弱的說。

「記得，師父還說除了烈酒和花椒似乎還有三個原料，再配合病人的陰陽虛實去加減配藥。可惜華佗被曹操殺了，沒能留下方子。」陳麻婆難過的說。

「事到如今，你不妨讓我吃下烈酒花椒，拼著一死，我也要把這毒瘡除掉。反正活著也是折騰，大不了一死，也可以免去受它折磨。」陳興盛堅定的說。

「陳大哥不是不能喝酒嗎？」志達急忙提醒。

「是啊，大夫的確有提醒過，喝了酒會讓引發癲症，危害性命。」陳麻婆進退維谷，皺著眉心低頭苦思，不久她忽然興奮大叫：「有了！既然不能用酒，我們就用大量的花椒，混入可消炎退火的豆腐中，讓興盛含在口中。花椒會讓臉頰麻痺，麻到失去知覺，我就可以放心的動刀了。」

「值得一試。」志達覺得是個辦法，「家裡有花椒嗎？」

「吳府的灶房裡有很多花椒，另外還有五籠豆腐上了麴，我這就去拿。你先幫我顧著陳大哥，我去去就來。」陳麻婆叮囑他後出門而去。

在等待的空檔，志達也沒閒著，施展全脈神功讓陳興盛儘量舒服一些。

不久陳麻婆回來了，帶回一袋花椒，一袋豆腐，還拿著一把小刀。

「我剛才已經把豆腐洗過，把刀子磨利了。」

「是畢總管幫你開門的嗎？」志達好奇的問。

「志達說笑了，別忘了我們是鴛鴦大盜，半夜闖進宅邸可是我們的專長啊！」陳麻婆調皮的笑著。

志達真服了她，這時候還有心情開玩笑。可是看她低迴的眼神，他知道陳麻婆是藉此放鬆緊張的情緒。

陳麻婆把花椒和豆腐放進大缽裡搗爛，然後讓陳興盛含在嘴巴裡，過了一會兒，她用刀尖去輕觸他臉頰，測試他有沒有知覺。

這一招似乎奏效，大約半小時後，陳興盛滿臉通紅，眼睛逼出熱淚。陳麻婆用刀尖輕刺他臉頰，他搖頭表示已經沒有知覺。陳麻婆不放心，還用手指去捏沒有毒瘡的另一側臉頰，陳興盛也是搖頭。

「好，那麼我要開始了。」陳麻婆謹慎的說。

她用火燒刀子，燒到刀尖都發紅了。

「志達，你扶陳大哥坐起來，讓他不要亂動。」陳麻婆說。

志達依言照做。

「來了……」陳麻婆小心翼翼的把退了紅的刀子慢慢挨近陳興盛，她皺著臉閉氣，刀子在她手中不停的抖動著。

陳興盛緊盯著刀子朝他越來越近，當刀尖割進臉頰時，他連忙把眼睛一閉。

「啊——」

一聲慘叫響徹雲霄，可把志達的魂都嚇飛了。

但尖叫的人不是陳興盛，而是陳麻婆，她巴巴的睜著眼睛，淚水在眼眶裡打轉。反而陳興盛十分鎮定，一動也不動，似乎已經看破生死，決心和毒瘡共存亡。

刀尖一從毒瘡中間劃開，紅黑色的毒血便汩汩流出，陳麻婆早已準備乾淨的棉布，拿在手上去吸毒血，直到血液呈正常的鮮紅色為止。

「好了。」陳麻婆鬆了一大口氣，放下高聳的肩膀，瞪大的眼睛也變得柔和，嘴角也向上彎起來。

陳興盛的臉頰雖然還發紅發腫，但是毒瘡已經消下去了。他張開眼睛，作勢要起身，志達忙鬆開雙手還他自由。

他站起來把嘴裡的花椒豆腐吐進一個空缽裡，然後說：「太好了，到現在臉頰還是麻的，感受不到疼痛。」

「快躺下來休息。」陳麻婆說。

陳興盛聽話的躺下來，陳麻婆拿另一塊乾淨的棉布來蓋住傷口。

「看起來很成功，太好了。」志達欣喜的說。

陳麻婆也露出燦爛的笑容，油燈下閃爍著欣喜的神采。

但才過了一會兒，陳興盛卻連聲喊疼：「哎呀！傷口好痛！」

「看樣子是花椒的效用退了。」陳麻婆連忙拿一份新做的花椒豆腐過來，餵興盛含一口在嘴裡，才漸漸不再呻吟。

這一夜很快過去。天亮後，三人又去吳府上工。

林爺子跑了，陳興盛體力虛弱需要休息，因此由志達扛起一大半的工作。陳麻婆憑著印象負責不甚熟悉的徽菜，而志達則在她的指揮之下料理川菜，彼此辛苦合作，倒也都能順利完成。

接下來幾日，陳興盛的臉頰仍會疼痛，陳麻婆為了給他止疼，拿花椒豆腐當作他的日常飲食。又因為傷口復元需要營養，於是在豆腐中加入牛肉末，才不過短短兩天，陳興盛的臉頰已經消腫，而且開始結痂了，體力也恢復了八成。

有天他們忙完灶房的工作、吃著晚飯時，陳興盛有感而發的說：

「其實想想，林爺子的話何嘗沒有道理。我們雖然劫富濟貧，自認行俠仗義，可是能改變這個社會多少呢？富人還是富，窮人也不會因為一、兩次的接濟而脫離貧困。俗話說：救急不救窮，我們做的事對窮人來說幫助並不大啊！」

「是啊。我們雖然厭惡貪官汙吏對百姓巧取豪奪，但我們偷盜也是掠奪，這兩件事都不對。而且還有可能像這次劫錯對象，害了好人，那跟陷害忠良是一樣糟糕的事。」陳麻婆也感慨的說。

志達在一邊安靜傾聽，想起方叔叔之前對劫富濟貧的評價，終於明白其中的道理。

「林爺子說我們可能會害百姓更加痛苦，我這幾日想了想，覺得很有道理。人性貪婪，富人和窮人都一樣，富人被奪會加倍從百姓身上要回來彌補損失，窮人被接濟，久而久之也可能產生依賴的心理，這些都是我們以前沒有想到的。」陳麻婆又說。

「老婆，你把花椒豆腐炒了牛肉末之後，真是美味極了。與其劫富濟貧，不如我們離開府邸，到外面去擺攤、做點小食。我們跟百姓們生活在一起，只收窮人少少的錢，讓他們吃得飽，再看看誰真的有急需，用做生意賺的錢幫助他們，你覺得怎麼樣？」陳興盛問。

「你這想法挺好，我也不想再過那種暗夜中逃亡，害怕被人追殺的日子。只不過這肉末豆腐味道太清淡，應該加點佐料，增加它的滋味才有賣相。」陳麻婆提出建議，卻也是個疑問。

陳興盛一邊環顧灶房，一邊思索，不久他站起來走到櫃子旁拿出一個罈子說：「這一罈郫縣有名的特產豆瓣醬，平常拿來炒回鍋肉，又香又辣非常下飯，不如就跟花椒肉末豆腐炒在一起，再加上蔥花和香油。你覺得怎麼樣？」

「別光說不練，現在就來試試。」陳麻婆在留有餘溫的爐灶加入薪柴，起油鍋，按照丈夫的話重新炒製了一大盤新菜。

「好香！太香了！」志達聞著氣味，忍不住大聲誇讚。

新菜上桌，三人坐下來，各舀一碗品嚐。

「哇！這味道太美妙了。」

「又香又麻又辣又鮮甜，太有滋味了。」

夫妻兩人興奮的站起來，滿臉驚喜，讚不絕口。

其實從小到大，志達不知吃過多少麻婆豆腐，並沒有特別的期待，不過入口之後，仍然令他口舌一新，驚為天人。那豆腐是以清冽的泉水製成的，那豆瓣醬是最有名道地的，在這沒有農藥和化學肥料汙染的古代，什麼食材都是有機的，料理在一起的滋味就是天然濃純，風味十足。

不只如此，他心中還浮起一種特殊的體會：「澈悟之美」。

「咱們去北門市集賣這道菜吧，那兒都是拉車、扛貨、洗衣、打雜的窮苦人。」陳麻婆說。

「好，我這就去跟畢總管說這件事。」陳興盛說完便往前廳走去。

志達看了看兩人，欣慰的走出灶房，唸出祝融通古神咒，敲擊軒轅石。

第十七章
神祕的大樓

回到安養院，志達在心中想著「澈悟之美」四字，不久意念引發內力竄入肺臟和大腸，只覺得胸口和腹中都熱脹起來，接著不自覺的打出一套奇特的功夫招式，全脈神功第三式。

陳淑美在一旁欣慰的看著志達練功。

習得神功之後，志達趕緊去採買材料，回到阿姨家炒出一盤麻婆豆腐，帶到安養院餵給媽媽吃。

媽媽吃完之後，志達幫她運功，不久便修復了她的肺經和大腸經。

「呼！」陳淑美用力呼氣，「我覺得肺活量變大了，小腹那邊似乎也恢復知覺，有氣在滾動。」

「太好了。」看到媽媽身體好轉令志達喜出望外。

志達和媽媽在安養院裡閒聊了一會兒，志達想起這次找到神菜的經過，對媽媽提議：

「對了，媽，既然軒轅石能提供你訊號，給你神菜的靈感，那麼就把石頭留在你身邊，讓它提示你另外兩道神菜。」

志達把軒轅石拿給陳淑美，她卻不好意思的說：「不！其實我對你撒了謊，第三道神菜的提示並不是來自軒轅石，而是已故的前幫主湯之鮮。把石頭留在我這兒並沒有用處，還是由你保管才好，但是你答應媽媽，你只會用它來學習全脈神功，好嗎？」

「什麼？已故的前幫主？我聽不懂。」志達困惑的說。

陳淑美便把自己的擔憂，和湯之鮮來找她借軒轅石的事情，全都告訴志達。志達聽得目瞪口呆，感到不可思議。

「湯前輩還查到，擁有蚩尤石的那個主上姓『曹』，是《紅樓夢》的作者曹雪芹的後代子孫。」

「這麼說來，我們可以從這條線索查出主上的身分。」志達想了想，問說：「媽，你有得罪過姓曹的人嗎？」

「我想過了，應該沒有。我們家的親戚裡沒有姓曹的，當然遠親就不知道了。朋友、客人裡面多少會有吧，但就算有曹姓的客人，我們平日待人和睦，也不可能跟他們結仇啊！」

「不，那個主上會厲害的武功，他不是一般人，很可能是我們灶幫的人。」

「這我也想過。」媽媽又說，「灶幫的幫員遍布全球，當中一定有姓曹的人，但我不一定認識啊！」

「那些長老們呢？」志達又問，「有人姓曹嗎？」

「在幫中德高望重的，或是聚會上說得上話的，都不姓曹。」媽媽皺眉不停搖頭，「唉！真是傷腦筋。」

「媽，你不用煩惱，你只要好好的養病。我會查個水落石出的。」志達不忍心看媽媽煩惱，貼心的說。

「你如果有發現什麼可疑的人物，就告訴阿姨和姨丈，讓他們去調查。千萬不要自己跑去調查，不然我會擔心到睡不著覺，吃不下飯。」陳淑美擔憂的說。

「我會的。」志達說。

「好了，忙了那麼久，你也該回去睡覺了。」

「好。」

這一夜確實很疲倦，志達回到阿姨家後很快就進入夢鄉。第二天一到學校，他顧不得班上還在早自修，就跑去隔壁班找羽萱出來說話。

「羽萱，我昨晚已經練出全脈神功第三式，並且修復了我媽的肺經和大腸經了。」志達高興的說。

「哇！太棒了。」羽萱也替他開心。

「我媽昨晚提供我一條很重要的線索。」他把媽媽從湯之鮮前幫主那裡獲得的線索轉述給羽萱聽。

「主上姓曹？曹雪芹的後代？」羽萱驚訝的問。

「沒錯。」志達點頭，「我媽想了半天，沒有想到什麼特定的人。」

「你呢？你有想到誰嗎？」

「我？我每天上學、放學，跟老師和同學在一起，就算他們之中有人姓曹，也不可能是會五毒陰功的主上吧！」志達笑著說。

「對。」羽萱說，「我們應該調查灶幫的幫員，或者是五大門派的人。我今天放學後來問問我爸爸，也叫繼程問問他外公，他們大人人脈廣闊，一定能提供一些名單。」

羽萱說著，拿出手機在「少年廚俠」群組裡留言。

「繼程看到了，他說沒問題。」羽萱高興的說。

「你讀過《紅樓夢》嗎？」志達忽然提問。

「讀過呀，我很喜歡這本書，怎麼了嗎？」

「為什麼蚩尤石會流落到曹雪芹的後代子孫手上呢？」

「嗯，我只知道這本書本來叫做《石頭記》，不知道有沒有關連？」羽萱說。

志達想了想，便拿出自己的手機，說：「我來查一下曹雪芹的生平。」

「我也來查。」羽萱說完也滑起手機。

「有了，我查到了。」志達說。

「我也在看資料了。」羽萱說。

兩人認真的研讀，不久後不約而同皺起眉頭。

「不對呀！資料上說曹雪芹唯一的兒子三歲就死了。」羽萱疑惑的說。

「我也看到了，這裡還說他因為悲傷過度，也在同一年病死了。」

「所以他並沒有後代啊！」兩人異口同聲的說。

噹——噹——

第一節上課鐘聲響起，兩人只得失望的收起手機，準備進教室上課。

「嗨！志達，方羽萱。」劉安南從前方走來，對兩人打招呼。

「你這個遲到大王，現在才來。」羽萱望著他笑說。

「哪有？來得及上第一堂課，不算遲到啦。」安南嘻皮笑臉的說。接著他像是想起一件事，表情立刻變得嚴肅起來。「對了！志達，我要跟你講一件很重要的事。」

「什麼事？」志達好奇的問。

「昨天放學後，我媽要我陪她去拜訪我阿姨，我就跟她一起去了。那是我的親阿姨，比我媽早兩年嫁來臺灣。」安南說。

「然後呢？」志達說。

「就是之前，我不是中了什麼毒蜘蛛的魔毒嗎？我半夜夢到有聲音在指引我，不知不覺去到一棟金碧輝煌的大樓，大樓底下有野獸的號叫聲，那聲音不像是警告我別靠近，反而好像在召喚我……」

「講重點，要上課了。」羽萱催促說。

「然後……該怎麼說？」安南整理一下思緒後說：「總而言之，我昨天跟我媽搭公車去阿姨家，半路上看到一棟建築物，跟我在夢中看到的怪異大樓，外觀一模一樣。」

「啊！」志達和羽萱驚愕的面面相覷。

（第三集全文完）

少年天下系列 —— 048

少年廚俠 3：消失的魔石

作　　者｜鄭宗弦
繪　　者｜唐唐

責任編輯｜李幼婷
封面設計｜黃聖文
內頁排版｜極翔企業有限公司
行銷企劃｜葉怡伶

天下雜誌群創辦人｜殷允芃
董事長兼執行長｜何琦瑜
兒童產品事業群
副總經理｜林彥傑
總編輯｜林欣靜
主編｜李幼婷
版權主任｜何晨瑋、黃微真

出版者｜親子天下股份有限公司
地址｜台北市 104 建國北路一段 96 號 4 樓
電話｜（02）2509-2800　傳真｜（02）2509-2462
網址｜ www.parenting.com.tw
讀者服務專線｜（02）2662-0332　週一～週五：09:00~17:30
讀者服務傳真｜（02）2662-6048
客服信箱｜ parenting@cw.com.tw

法律顧問｜台英國際商務法律事務所 · 羅明通律師
製版印刷｜中原造像股份有限公司
總經銷｜大和圖書有限公司　電話：（02）8990-2588

出版日期｜ 2019 年 2 月第一版第一次印行
2022 年 12 月第一版第十六次印行
定　　價｜ 280 元
書　　號｜ BKKNF048P
I S B N ｜ 978-957-503-272-2（平裝）

訂購服務 ——
親子天下 Shopping ｜ shopping.parenting.com.tw
海外 · 大量訂購｜ parenting@cw.com.tw
書香花園｜台北市建國北路二段 6 巷 11 號　電話（02）2506-1635
劃撥帳號｜ 50331356 親子天下股份有限公司

國家圖書館出版品預行編目資料

少年廚俠 . 3, 消失的魔石 / 鄭宗弦文 ; 唐唐圖
. -- 第一版 . -- 臺北市 : 親子天下 , 2019.02
216 面 ;14.8X21 公分 . -- (少年天下系列 ; 48)

ISBN 978-957-503-272-2(平裝)

859.6　　107022834